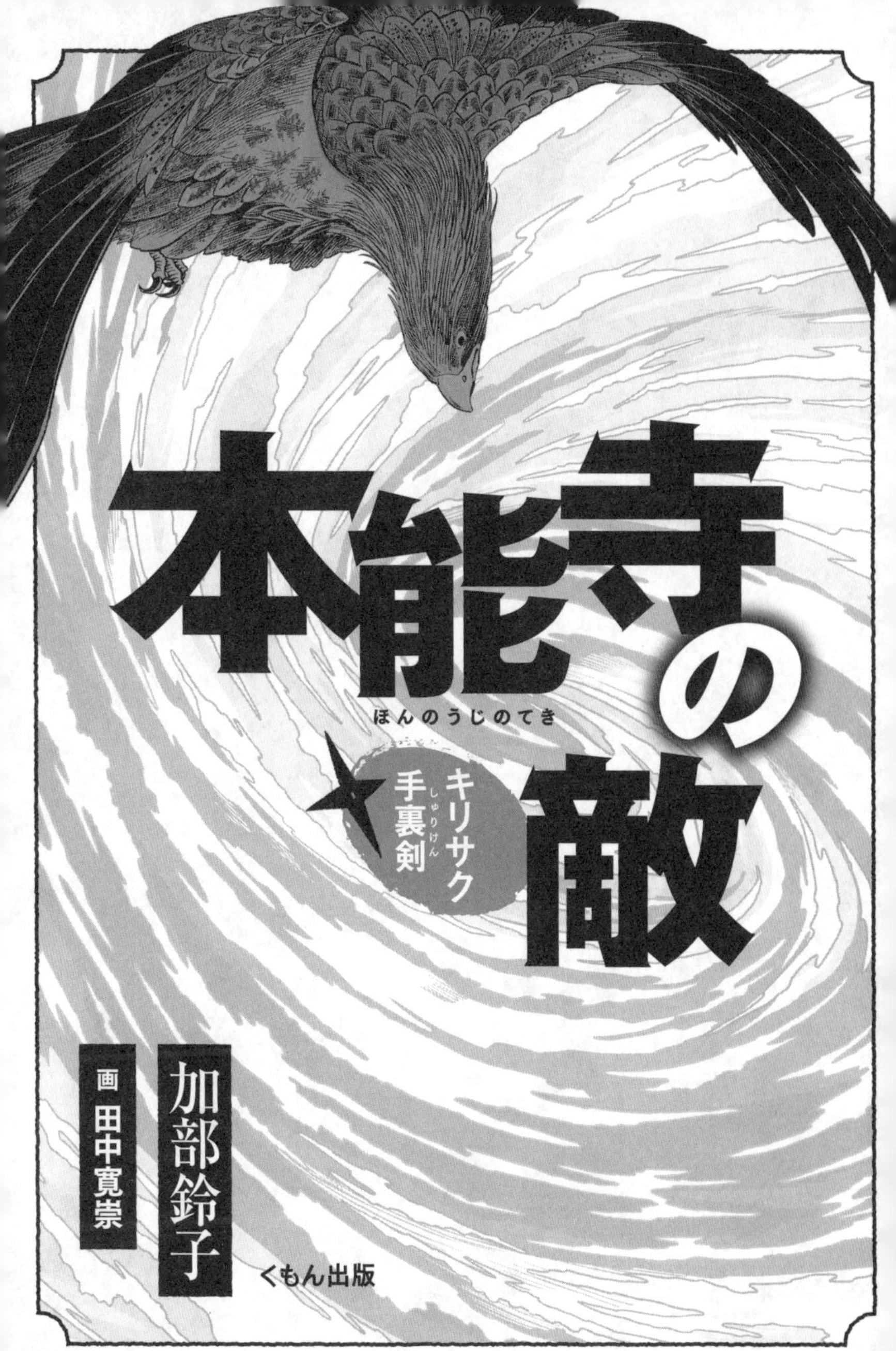

本能寺の敵《ほんのうじのてき》

キリサク手裏剣《しゅりけん》

加部鈴子
画 田中寛崇

くもん出版

Honnoji no Teki

「織田信長《おだのぶなが》の天下統一《てんかとういつ》まぎわ、
――これは、忍《しの》びの少女が見た本能寺《ほんのうじ》の変《へん》の物語である」

本能寺の敵　キリサク手裏剣

目次

おもな登場人物

涼音《すずね》　孤児《こじ》となり忍《しの》びとして育てられた少女。明智光秀の屋敷《やしき》で働く。
風斗《ふうと》　涼音とともに忍びとして育った少年。徳川家康に仕える。
明智光秀《あけちみつひで》　織田信長に仕える戦国武将《ぶしょう》。
織田信長《おだのぶなが》　天下統一《てんかとういつ》目前の戦国武将。
徳川家康《とくがわいえやす》　有力な戦国武将。信長とは同盟《どうめい》関係にある。
淑子《よしこ》　光秀の正室だった姉・熙子《ひろこ》の死後、明智光秀の後妻《ごさい》となる。
行親《ぎょうしん》　涼音や風斗らの孤児を集め、忍びとして育てる。光秀の影武者《かげむしゃ》。
お玉《たま》　明智光秀の娘《むすめ》。
於長《おちょう》　お玉の娘。
十五郎《じゅうごろう》　明智光秀の息子。
乙寿丸《おとじゅまる》　明智光秀の息子。

物語の舞台

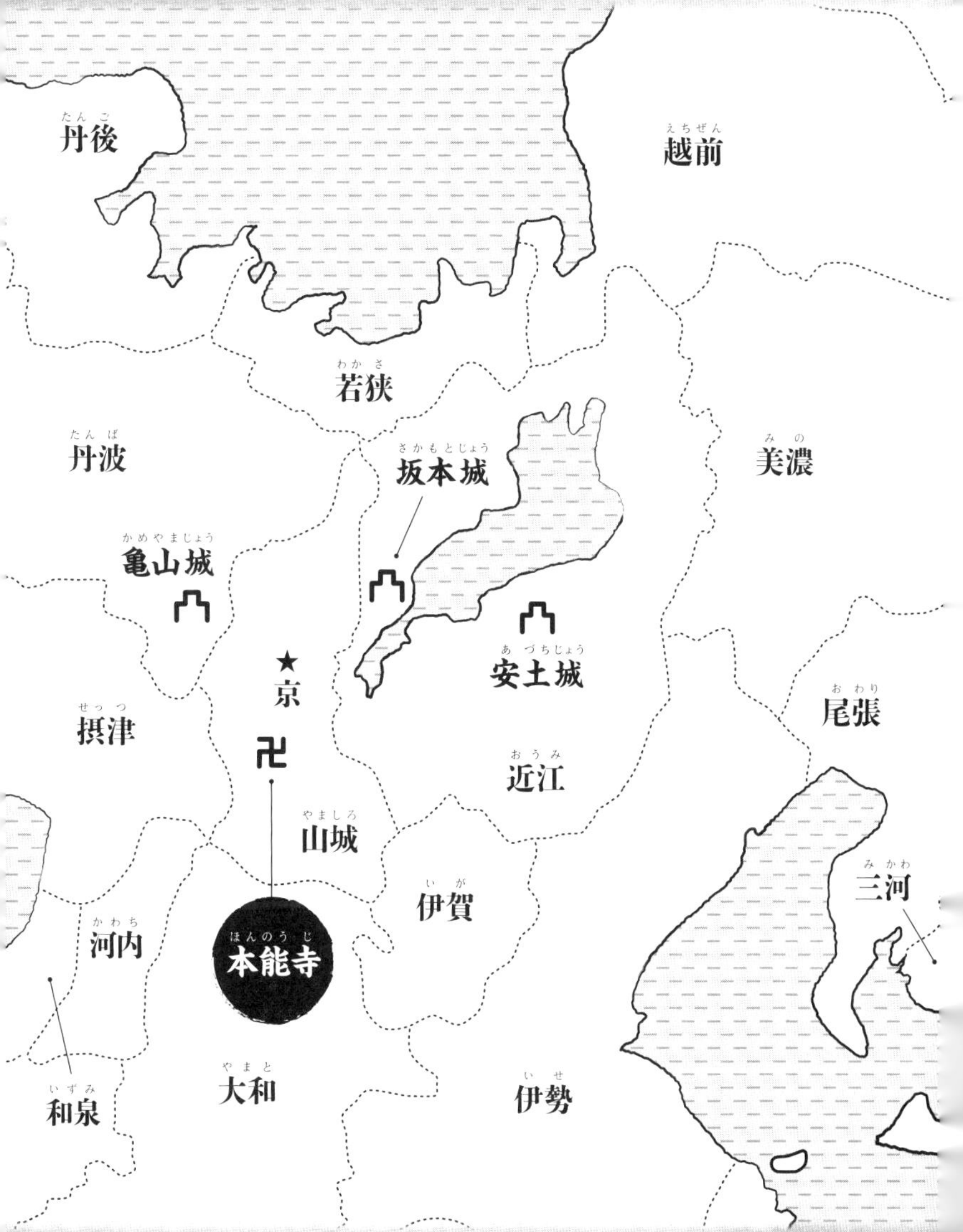

丹後《たんご》
越前《えちぜん》
若狭《わかさ》
丹波《たんば》
坂本城《さかもとじょう》
美濃《みの》
亀山城《かめやまじょう》
安土城《あづちじょう》
★京
尾張《おわり》
摂津《せっつ》
近江《おうみ》
山城《やましろ》
三河《みかわ》
伊賀《いが》
河内《かわち》
本能寺《ほんのうじ》
大和《やまと》
伊勢《いせ》
和泉《いずみ》

第一章　ナツカシイ敵《てき》

ピチュピチュピチュ、ピピピピ……。

ひばりの鳴き声が空から降《ふ》ってくる。見上げると、すんだ青空にやわらかな風が吹《ふ》いた。

「於長《おちょう》さま。そんなに走ってはあぶのうございます」

おさない少女が、結った髪《かみ》のみだれるのも気にせずかけまわる。もうすぐ四歳《さい》になる於長は、明智光秀《あけちみつひで》の娘《むすめ》、お玉《たま》の産んだ長女だ。

ひさしぶりの里帰りに、明智の屋敷《やしき》もぱっと明るくなった。

天正《てんしょう》十（一五八二）年、春のうららかな陽気にさそわれ、光秀の妻《つま》、淑子《よしこ》はお玉と於長をつれ、数人の侍女《じじょ》と護衛《ごえい》をはべらせ、城《しろ》近くの野原に若菜《わかな》つみに来ていた。

「おまちくださいませ」

太った乳母《うば》が追いかけまわすのがかえっておもしろいのか、於長はキャッキャッキャッと笑い声を上げて逃《に》げようとする。

「於長さま」

気配を消して先回りし、涼音《すずね》はその小さなからだをだきあげた。

一瞬《いっしゅん》きょとんとした顔をした於長《おちょう》は、涼音《すずね》の顔をとらえると、にこっと笑った。色白の肌《はだ》に、つぶらなひとみが、母のお玉《たま》によく似《に》ている。大きくなったらそれは美しい姫君《ひめぎみ》になるだろう。

「つかまっちゃった」

於長は細いうでで、涼音にしがみついた。

「おや。見かけぬ顔ですね」

日差しをさえぎる笠《かさ》をちょっと上げて、涼音の顔を見ようとしたお玉と目があった。

「最近仕《つか》えはじめたのです。それまでは、公家《くげ》の鷹司《たかつかさ》さまのところで働いていたのだそうですよ。名は……ええと」

「涼音にございます」

淑子《よしこ》が考えこむようにまゆをよせるのを見て、涼音は短くこたえた。

「そう。涼音。年は十三でしたね。まだ若《わか》いのに、しっかりと働くので感心していたのです。さすが、公家さまのお屋敷《やしき》に奉公《ほうこう》していただけのことはあります」

新しく入ったばかりの侍女《じじょ》の名をおぼえていなくても、働きぶりを見ていてくれたのかと、涼音は意外に思った。

「於長《おちょう》もすぐになついたようですし、よろしくね。涼音《すずね》」

すきとおるような白い肌《はだ》で、お玉《たま》はそういってほほえんだ。

「もったいないお言葉です」

涼音は恐縮《きょうしゅく》して、頭を下げた。からだがかたむいたのが楽しかったのか、於長がしがみついて声を立てて笑った。

「あっ、お花」

於長が指さした先に、うすむらさきの花があった。

涼音がそっと下ろすと、於長は小さな指で素朴《そぼく》な花をつんだ。「はい、母上さま」

と、すみれをお玉に渡《わた》そうとする。

「まあ、愛らしいこと」

花のことなのか、於長の仕草なのか、淑子《よしこ》がそういって目を細めた。

「ほんとうに」

侍女《じじょ》たちもみな幸せそうな笑顔になった。

なんて、美しい人たちなのかしら。

明智光秀《あけちみつひで》の妻《つま》、淑子も、娘《むすめ》のお玉も、母に瓜《うり》ふたつの孫の於長も、ふるまいも口から発する言葉も、すべてが優雅《ゆうが》だった。

涼音《すずね》が先月までいた貧《まず》しい公家《くげ》の屋敷《やしき》は、いつもぎすぎすとして、欲《よく》まみれだった。公家の面子《めんつ》を保《たも》つために必死な主《あるじ》は、仕《つか》える使用人たちにはきびしく、使用人たちはおたがいに出しぬき、足をひっぱりあい、いかに主に気に入られていい思いをするかばかり考えていた。

それでも、以前の暮《く》らしを考えれば、落ちぶれた公家の屋敷も極楽のようだったけれども。

「あっ、蝶々《ちょうちょう》！」

おてんばな於長《おちょう》は、蝶を追いかけ野原をかけていく。

「於長さま。遠くに行ってはなりませぬよ」

「はあい」

侍女《じじょ》の声かけに、愛らしい返事が重なった。

うみとよばれる広い湖からやさしい風が吹《ふ》いてくる。涼音は髪《かみ》をかきあげ、風のほうに顔を向けた。湖面がきらきらとかがやく。琵琶湖《びわこ》のそばに建つ坂本城《さかもとじょう》の天守閣《てんしゅかく》は、この世の楽園と思われるほどみやびやかだ。

ピチュピチュピチュ、ピピピチュ……。

ひばりが鳴いた。さっきよりも、大きな声で。

「元気で、まるでお玉《たま》の子どものころのよう」

「まあ。わたくしは、もう少しおとなしかったわ」

「そうだったかしら。ねえ」

お玉が少女のようにほおをふくらませるのを見て、侍女《じじょ》たちはそでで口もとをかくしながら、淑子《よしこ》と目を見あわせる。

ピピピピピピ。

ひばりが鳴いた。まるで、仲間に危険《きけん》を知らせるように。

いやな予感がした。涼音《すずね》は、青空を見上げた。

黒い影《かげ》が空を横切る。鷹《たか》だ。見おぼえのある黒いつばさは、少しはなれた林のほうに消えていった。

「おや。……於長《おちょう》はどこに行ったのかしら？」

淑子があたりを見渡《みわた》した。

「そういえば……。於長！」

「於長《おちょう》さまぁ！」

お玉《たま》や侍女《じじょ》たちも口々によぶが、愛らしい返事は返ってこない。

涼音《すずね》は、黒い影《かげ》のとんでいった林に目をこらし、かけだした。まさかとは思うが、あの鷹《たか》が涼音の知っている鳥だとしたら……。

足の運びは、自然に早くなる。風を切って走り、林の中の様子をうかがう。

新緑の葉にさえぎられ、ひんやりとしたしめった空気がまとわりついた。帰り道がわからなくなって泣いている於長のすがたをさがすが、動きのない木々が静寂《せいじゃく》の中に立ちつくしているだけだった。

耳をすます。

大きなつばさのはためく音がきこえた方向に、からだを向けたときだった。

「…………！」

するどく風を切りさく音に、無意識《むいしき》にからだが横へ動いた。足もとにつきささっている棒手裏剣《ぼうしゅりけん》。

「忍《しの》びの者《もの》か……」

考えるより先にふりかえり、髪《かみ》にさしたかんざし型の棒手裏剣を手にとった。

「うでは落ちていないようだな」

木の上から声がきこえた。見上げると、ひさしぶりに見る顔があった。護衛《ごえい》の侍《さむらい》にまぎれていたのか、笠《かさ》を目深《まぶか》にかぶった男のうでには、ぐったりとした於長《おちょう》のすがたがあった。

「風斗《ふうと》！　於長さまになにをした！　まさか……」

「三年ぶりに会ったっていうのに、ずいぶんな言い草だな。そんなこわい顔するなよ、涼音《すずね》」

にやにやと笑みをうかべながら、風斗はいった。笠をひょいっと上げた整った顔には、複数《ふくすう》の傷《きず》がついている。ほおの傷は子どものころのものだが、そのひたいに刻《きざ》まれた刀傷《かたなきず》は三年前にはなかった。

風斗は子どものころいっしょに修行《しゅぎょう》をした、忍《しの》びの仲間だった。毒や眠《ねむ》り薬《ぐすり》にくわしい。於長の身になにかあったらと、涼音のうでに鳥肌《とりはだ》が立った。

「はしゃぎすぎてつかれたようだから、ちょっと子守唄《こもりうた》をうたって眠らせてやったところさ」

於長をだきかかえながら、風斗は木の枝《えだ》から音もなくとびおりた。両手が使えないというのに、やわらかな草の上によろける様子もない。

「於長《おちょう》さま！」

かけよった涼音《すずね》が、風斗《ふうと》から小さなからだをうばいとった。気持ちよさそうに寝息《ねいき》を立てる於長を見て、涼音はほっとする。

「風斗、なにを考えている！」

「子どもに用はねえ。用があるのはおまえだ。こうでもしねえと、おまえがひとりにならねえだろう」

「そんなことのために？　於長さまをさらうなど、見つかれば手討《てう》ちにされかねないのよ」

「おれが、そのへんのあほに見つかるたまかよ」

風斗はそういって口のはしだけゆがめて笑った。その笑い方は、いっしょに修行《しゅぎょう》をしたころとかわらなかった。意地悪で、なにを考えているかわからないところも。

「おれを見つけられるのは、おまえだけだ。大事な姫君《ひめぎみ》をさらえば、涼音が気づくと思っていたのさ」

顔色ひとつかえない風斗に、涼音は不快《ふかい》な気持ちになる。こうしているあいだにも、みんな心配しているだろうに。

「それで、なんの用？　小隼《こはや》も来ているの？」

涼音《すずね》は、もうひとりの忍《しの》びの仲間の名前を口にした。からだが小さかった小隼は、その分鷹使《たかつか》いが得意だった。空を横切った黒い鷹は、小隼の飼《か》っていたものとよく似《に》ていた。

「いや。小隼は死んだよ」

「死んだ？」

「ああ。織田軍《おだぐん》が伊賀《いが》を攻《せ》めた戦《いくさ》で、……仲間のほとんどが死んだ」

「…………」

一瞬《いっしゅん》、全身の血の気がひいた。指の先まで冷たく感じられる。

「小隼が……。そう」

笑うとえくぼができるそばかす顔を思いだした。年が近く、同じような境遇《きょうぐう》で、いっしょにつらい修行《しゅぎょう》にはげんだ仲間だった。

織田信長《のぶなが》は、天下統一《てんかとういつ》に今いちばん近いところにいる武将《ぶしょう》だ。その織田軍の二度にわたる攻撃《こうげき》により、伊賀の里は壊滅《かいめつ》した。

涼音《すずね》は、その前年に公家《くげ》の屋敷《やしき》に奉公《ほうこう》に出たから、うわさできいただけだ。

「なあ。オヤジさまは、なにをたくらんでいる？」

一歩風斗《ふうと》が近づいた。三年前、同じくらいだった背丈《せたけ》は、見上げるほどになってい
る。

「たくらむ？」

反射的《はんしゃてき》にうしろに下がって、間合いをとる。

「なぜ、明智《あけち》の下で働いているんだ」

涼音や風斗のような孤児《こじ》を集め、故郷《こきょう》の山里で育ててくれた『オヤジさま』、行親《ぎょうしん》は、数年前から織田信長《おだのぶなが》の家臣、明智光秀《あけちみつひで》に仕《つか》えていた。

「明智の弱みをにぎり、織田をゆさぶるためではないのか。だから、おまえがさぐっているんだろう」

「さぐってなんかない！　わたしは、ただ侍女《じじょ》としてお仕えしているだけだ」

忍《しの》びの修行《しゅぎょう》はいつだって死ととなりあわせだ。そんな生活からはなれた公家での奉公は、命の危険《きけん》にさらされないだけ、幸せだった。今まで知らなかった作法や、台所仕事も懸命《けんめい》におぼえた。そのせいか、明智の屋敷にうつっても侍女仲間から重宝《ちょうほう》され

るようになった。

このまま、忍《しの》びの世界からはなれてふつうに暮《く》らしていけたらと、ねがっていなかったといえばうそになる。

「一人前に女のような身なりをしたところで、殺気を感じればからだが勝手に動く。おまえには忍びの技《わざ》が身についているんだよ。オヤジさまが、なんの考えもなくおまえを使うわけねえだろう」

にやにやと笑いながら毒をはく。こいつはいつだって、そういうやつだった。

「うるさい！」

かっとして手にしていた棒手裏剣《ぼうしゅりけん》を、風斗《ふうと》目がけて投げつけた。風斗のすがたは消え、樫《かし》の木の幹《みき》にむなしくつきささる。

「用ならちゃんとあるさ。柘植清次《つげきよじ》さまの使いで来た。オヤジさまにつないでほしいことがある」

風斗の声がうしろからきこえた。いつの間にか、風斗は涼音《すずね》のうしろの木の枝《えだ》にすわっていた。

「柘植さまの？」

ひさしぶりにその名をきいて、心臓《しんぞう》が冷えた。まわりの空気が温度を下げた気さえする。

修行《しゅぎょう》で力をつけた子どもたちを、行親《ぎょうしん》は親交のあった伊賀《いが》の柘植《つげ》家にあずけた。伊賀での修行のきびしさは、それまでとはくらべものにならなかった。実戦に近い命がけの日々を思いだし、自然と背《せ》すじがのびる。

「そんなろこつにいやそうな顔をするなよ」

「べつに、いやってことはない」

せせら笑う風斗《ふうと》に、涼音《すずね》はむっとして顔の筋肉《きんにく》をひきしめる。木の幹《みき》につきささったままのかんざしをひきぬき、髪《かみ》にもどす。

「柘植さまが、今さらオヤジさまになんの用だ？」

伊賀《いが》攻《ぜ》めのさい、織田軍《おだぐん》を手引きして仲間を裏切《うらぎ》ったのは、柘植だといううわさだ。それ以来、行親は、柘植とは縁《えん》を切ったときいていた。

「それに、どうして風斗が柘植さまの使いなんかを？」

思わず口に出た本音に、風斗はふふんと鼻を鳴らした。笑ったようにも、涼音をばかにしているようにも見える。

問いにはこたえず、風斗《ふうと》は木からとびおりた。とっさに、涼音《すずね》は一歩うしろに下がる。

早く、みなのもとに帰らなくちゃいけない。於長《おちょう》の無事を伝えなければ。そう思うのに、いたぶるような風斗の視線《しせん》から逃《のが》れることができない。

「昔の仲間のよしみで、たのみがあって来たんだよ」

風斗が笑みをうかべたまま、一歩近づいた。

「たのみ?」

上目づかいで風斗をにらみながら、於長をかばうように、斜《はす》にかまえた。

「ああ。手ぶらじゃあ、柘植《つげ》さまのもとに帰れない。わかるだろう? おまえも」

風斗の声がひそやかにひびく。

かつての師《し》のへびのような冷たいまなざし。その目でにらまれると、心臓《しんぞう》をつかまれたような心持ちになった。忍《しの》びは、任務《にんむ》をなしとげることが第一だ。もののよしあしや善悪《ぜんあく》は関係ない。できなければ、きつい仕置きがまっていた。

涼音は、背中《せなか》につうっといやな汗《あせ》をかいた。

「我《わ》が殿《との》が、明智《あけち》さまに会いたいといっている」

「我《わ》が殿《との》？」

「ああ。徳川家康《とくがわいえやす》さまだ」

「徳川、家康さま？」

風斗《ふうと》の口から出た人物は、涼音《すずね》にとって意外なものだった。


眠《ねむ》ったままの於長《おちょう》を背負《せお》い、涼音は淑子《よしこ》たちのいる野原へもどった。

「涼音。於長はどこにいたのです？」

「あの林の木のかげで、つかれたのか眠っておいででした」

心配してかけよってきたお玉《たま》に、涼音はこたえた。

「ほんとうによかったこと。一時は心配で気が気でなかったわ」

「涼音のお手柄《てがら》ね」

侍女《じじょ》たちが於長の顔をのぞきこみ、ほっとした表情《ひょうじょう》になった。

太った乳母《うば》が何度も礼をいいながら、於長のからだをだきしめた。背中《せなか》にあったぬくもりが消えると、とたんに心細い思いにかられる。

於長《おちょう》が鼻を鳴らした。眠《ねむ》い目を乳母《うば》の胸《むね》にこするようにしたあと、愛らしいひとみを開《あ》けた。

「於長。みな心配していたのですよ。勝手に歩きまわってはなりません」

お玉《たま》が、声色《こわいろ》をかえて於長に注意する。

「……蝶々《ちょうちょう》と、あそんだの。……ひらひらって、いっしょに空をとんで……」

「まあ、夢《ゆめ》を見ていたのでございますね」

於長の言葉に、侍女《じじょ》たちがほっと顔をほころばす。

「於長さま。涼音《すずね》が見つけてくれなければ、たいへんなことでしたよ。だまっていなくならないでくださいね」

「……すずね？」

於長が、ぱっちりとした目を涼音に向けた。

「すずねともいっしょにあそんだのよ。ね？」

「え？」

「もっと、すずねとあそぶ」

於長《おちょう》は、小さな手を涼音《すずね》にのばした。もみじのような手のひらが、涼音に向けられる。思わず涼音は、乳母《うば》から身をのりだしている於長のからだをだきとめた。

於長のからだは、意外なほど軽い。それなのに、思いがけない力強さで、涼音にしがみついてくる。やわらかなほおの温かみ。ふんわりと、黒髪《くろかみ》からいい香《かお》りがした。

「まあ、ずいぶん、なつかれたこと」

淑子《よしこ》は、目を細めて笑った。そのやさしげな笑顔がどこかなつかしく感じられる。

「涼音。よく見つけてくれましたね」

淑子がそういって、涼音の肩《かた》に手をおいた。ねぎらいの言葉が、涼音にはなぜかうしろめたいものに感じられた。

ホーホーホー。

夜、ふくろうの鳴き声で涼音は目をさました。

目を開《あ》けてしばらくすると、ぼんやりとまわりの風景が見えてくる。天井《てんじょう》のはりも、障子《しょうじ》の向こうからすけて見えるかすかな月の光も。

夜目《よめ》がきくのは、子どものころの修行《しゅぎょう》の成果だ。

月のない深夜、涼音《すずね》たちは何度も山の中におきざりにされた。朝になるまでに小屋にもどらないと、朝飯《あさめし》はもらえない。真《ま》っ暗闇《くらやみ》の中を、目と耳と……、五感のぜんぶを使って必死にかけおりた。がけから落ちたのか、そのまま小屋にもどらない仲間もいた。

涼音は、そっとからだをおこした。灯《あか》りがなくても、迷《まよ》うことなく風呂敷包《ふろしきづつ》みをさがしあてる。明智《あけち》の屋敷《やしき》に来てから、一度もこの包みをとくことはなかった。その必要もないと思っていた。

数少ない涼音の持ちもの。……黒装束《くろしょうぞく》、ふつうの刀より短くひものついた忍《しの》び刀《がたな》、まきびし、手裏剣《しゅりけん》……、修行《しゅぎょう》時代のなごりの中に、ひとつだけ美しい布《ぬの》でつくられた守《まも》り袋《ぶくろ》がまざっている。

『殺気を感じればからだが勝手に動く。おまえには忍びの技《わざ》が身についているんだよ』

昼間の風斗《ふうと》のにやけた顔を思いだした。舌打《したう》ちしそうになり、涼音はあわてて気持ちのみだれをおさえた。

ここに来てから、涼音は幸せだった。前の屋敷のように、主《あるじ》からあらぬ疑《うたが》いをかけられることなく、使用人同士がねたみあうこともない。一生懸命《いっしょうけんめい》働けば、それをみとめてくれる。

今日だって……。

『これは、お玉《たま》さまよりお礼の品ですよ』

年配の侍女《じじょ》から渡《わた》された菓子《かし》に、涼音《すずね》はとまどいをかくせなかった。

『そんなもの、もらえません。……わたしは、たまたま見つけただけで……』

両手をふってことわった涼音に、侍女は笑った。

『涼音は、年のわりによく働くとみな感心しているのですよ。せっかくだから、もらっておきなさい』

そういっておしつけられた淡《あわ》い桃色《ももいろ》の菓子を、涼音はぼうぜんと手にとった。

明智《あけち》の方々のために一生懸命《いっしょうけんめい》働きたい。その思いは、日々強くなる。

それなのに、風斗《ふうと》のたのみをその場でことわることはできなかった。

『我《わ》が殿《との》が、明智さまに会いたいといっている』

『我が殿？』

『ああ。徳川家康《とくがわいえやす》さまだ』

『徳川、家康さま？』

三年前、風斗《ふうと》たちはどの武将《ぶしょう》にも仕《つか》えず、金をもらえば任務《にんむ》をおこなう忍《しの》びだった。少なくとも涼音《すずね》の知る伊賀《いが》の忍びとはそういうもので、「我《わ》が殿《との》」とよぶ相手はいなかった。

『織田《おだ》と徳川《とくがわ》は、同盟国《どうめいこく》でしょう。殿とは、お会いになったことがあるのではないの』

違和感《いわかん》をぬぐえず、涼音はたずねた。わざわざ風斗が使いに来るほどのことだとは思えない。

『信長公《のぶながこう》に知られることなく、秘密裏《ひみつり》にことを進めたいのだ』

『織田さまに？』

涼音の問いかえす声がかすれた。

伊賀を攻《せ》めた織田信長は、最近名門武田《たけだ》を滅亡《めつぼう》にみちびいた。そこには、同盟を結んでいる徳川の力が大きかったときく。そして、信長の手足となって戦っている家臣のひとりが、明智光秀《あけちみつひで》なのだ。家康《いえやす》が、信長に内緒《ないしょ》で、家臣の光秀に会う理由がわからなかった。

『明智光秀さまのお人柄《ひとがら》を見こんでのことだ』

風斗が真剣《しんけん》な声でいった。三年前よりも少し低くひびく声。

『明智《あけち》のご家来衆《けらいしゅう》は、京でも礼儀《れいぎ》正しくて評判《ひょうばん》だ。信長公《のぶながこう》にとりたてられ、たいそう出世をされても、それをおごることがない。家来にえらそうなふるまいを禁《きん》じ、町の者と争うことがないようきびしい触《ふ》れを出したときいた。それはできたお方なのだろうな』

『……ええ。奥方《おくがた》さまも、侍女《じじょ》のみなさんも、やさしくてすてきな方ばかりよ』

自分が仕《つか》える主人たちをほめられ、涼音《すずね》の気持ちがかすかにほぐれる。

光秀《みつひで》にははじめて屋敷《やしき》にあがったときに、かたちばかりのあいさつをしただけだ。緊張《きんちょう》して顔を見ることもできなかった。ときどきうしろすがたを見かけるくらいだったが、いつもおだやかだった。

『我《わ》が殿《との》は、数年前に正室を亡《な》くされた。殿がまだ今川《いまがわ》の人質《ひとじち》だったころに、ひと目ぼれをして溺愛《できあい》していた自慢《じまん》の奥方だったそうだ』

風斗《ふうと》が、少しさびしそうな目をしてつづけた。

『亡き奥方のことをだれかと語りあいたいのであろう。明智さまは、めずらしく側室をおかず、正室をとても大事にされているときく。明智さまが苦労されていた時期に、奥方が自分の髪《かみ》を売ってまでして、明智さまを支《ささ》えたそうではないか』

『まあ、そんなお話があるの』

はじめてきく話だった。けれど、淑子《よしこ》の人柄《ひとがら》を考えれば納得《なっとく》できる。

『若《わか》いときに苦労をした殿《との》も、明智《あけち》さまとなら話があうのではないかと思ったのだ。しかし、女子《おなご》のことで弱音をはくところなど、織田《おだ》さまには、知られたくないのだろう』

『そう。徳川《とくがわ》さまは、おやさしい方なのね』

『ああ。武将《ぶしょう》としての猛々《たけだけ》しさはないが、この方をなんとか助けたいと思うふしぎな魅力《みりょく》をおもちの方だ』

『よい方に仕《つか》えられたのね』

涼音《すずね》がいうと、風斗《ふうと》は目をふせて笑ったように見えた。

伊賀《いが》が壊滅的《かいめつてき》な被害《ひがい》をうけたときいたときから、仲間たちはどうなったかと心配はしていた。自分が幸せに暮《く》らしていれば、なおさら……。

『涼音。オヤジさまに、伝えてくれないか』

風斗が、まっすぐに涼音を見すえた。

『……オヤジさまは、いつ屋敷《やしき》にもどるかわからないけど』

胸《むね》にひっかかるかすかな不安。すなおにうなずくのがためらわれ、そうつぶやくのがせいいっぱいだった。

『それでいい。小隼《こはや》をおいていく。なにかあったら、これでよんでくれ』

風斗《ふうと》はそういって、首から笛のついているひもをはずした。

『小隼？』

『ああ。小隼が大事にしていた鷹《たか》の子の名だ。その笛でよべばどこにいてもききつけるだろう』

風斗は死んだ仲間を忘《わす》れずにいる。

涼音《すずね》は、さしだされた笛を思わずうけとっていた。

第二章　チカイアウ夢《ゆめ》

翌朝《よくあさ》、淑子《よしこ》づけの侍女《じじょ》によばれた涼音《すずね》は、そのまま淑子の身のまわりの世話をする仕事を命じられた。

「雨では庭であそべずに、於長《おちょう》も退屈《たいくつ》がっているかもしれないわね」

涼音が淑子に茶をもっていくと、そう声をかけられた。

「あとで、風車《かざぐるま》などおとどけしましょうか」

愛らしい姫君《ひめぎみ》がよろこぶ顔を想像《そうぞう》して、涼音は提案《ていあん》した。

「そうですね。そうしてちょうだい」

淑子はそういって、中庭のほうに目を向けた。しとしとと静かに雨が降《ふ》りつづいている。雨にぬれた緑がこく見える。

「殿《との》にはじめて会った日も、こんな雨の日だったわ」

なつかしそうにほほえんで、淑子がつぶやいた。

「殿さまと奥方《おくがた》さまは、ほんとうに仲むつまじいのですね。お若《わか》いころ、奥方さまが髪《かみ》を切って殿さまをお支《ささ》えしたという話をきいて、感動しました」

風斗《ふうと》からきいた話を思いだしていうと、淑子は一瞬《いっしゅん》目を大きく見開いた。それから、ぷっと吹《ふ》きだす。

「奥方《おくがた》さま？」

ふふふとそでで口もとをかくし、ゆかいそうに笑う淑子《よしこ》に、涼音《すずね》はとまどった。

「涼音。それは、わたしのことではないわ。人ちがいよ」

「え？」

「殿《との》が側室ももたず、ただひとり大切にしたご正室は、わたしの姉なのです。わたしは、姉が亡《な》くなったあと、殿の後妻《ごさい》に入ったのですよ。今は別邸《べってい》に側室もおります」

さあっと音を立てて、血の気がひいた。

「も、もうしわけありません！」

涼音は、たたみにひたいがつくくらい頭を下げた。

淑子から光秀《みつひで》のからだを心配する言葉はきいても、悪くいうことはきいたことがない。光秀が心から大切にする妻《つま》は、淑子のことだと疑《うたが》いもしなかった。まさか、風斗《ふうと》からきいた話が、淑子とは別人だったなんて。

「そんなにあわてなくてもよい。わたしは、姉のことも、姉を大切に思いつづけてくれる殿のことも大好きなのです」

涼音《すずね》がそっと顔を上げると、淑子《よしこ》はおだやかな顔をくずさぬまま、ほほえんでいた。

「きっと、みな遠慮《えんりょ》しているのでしょうね。だれもそのことにふれようとしないから、きいてくれますか。涼音」

「……はい」

「もう二十年以上も前の話よ。雨に降《ふ》られてこまっていた姉とわたしに、あの方が声をかけてくださったのは……」

しとしとと、雨音が静かにひびく。淑子は、雨のほうを愛《いと》おしそうにながめ、つづけた。

「まだ若侍《わかざむらい》だった殿《との》は、わたしたちを屋敷《やしき》まで送ってくださいました。後日、姉に縁談《えんだん》の申し入れがあったのですが、その直後、姉は疱瘡《ほうそう》にかかってしまったのです」

「疱瘡に……？」

疱瘡は、死にもいたる重い病だ。顔やからだにみにくいあばたが残ることがある。

「命は助かったのですが、姉の顔にはあばたが残ってしまいました。そこで、父は、かわりにわたしをとつがせようとしたのです。殿が、姉と会ったのは数回でしたし、わたしは姉とよく似《に》ていましたから」

「それでは、淑子《よしこ》さまは身がわりではありませんか」

声にいきどおりの色がまざっていたのだろう。淑子は、ゆっくりと首を横にふった。

「姉にはもうしわけない思いでしたけど、わたしにはうれしい気持ちもあったのです。あの雨の日、姉と同様に、凜々《りり》しくおやさしい若侍《わかざむらい》に心をうばわれていたのですから……」

「……………」

「ですが、おとずれたあの方はひと目でわたしが許嫁《いいなずけ》でないことを見ぬき、父を説得しました。『妻《つま》にと望んだのはひとりです』といって。姉は心から感激《かんげき》をして、一生つくそうとちかったのです。殿《との》は浪人《ろうにん》となり苦労された時代がありましたが、姉は懸命《けんめい》に支《ささ》えたのです。着物を売り、髪《かみ》まで売っても、殿にみじめな思いをさせぬよう……。わたしには、とてもまねのできないことです」

淑子はゆっくりと立ちあがり、廊下《ろうか》からぼんやりと雨のしずくをながめた。

「今も、殿の想う方はただおひとり。でも、ふたりはわたしの理想で、そんなふうにひとりの人を大切にできる殿のそばにいられることが幸せなのですよ」

淑子はそういってふりかえり、涼音《すずね》と目を見あわせた。少女のようなはじらいの表《ひょう》情《じょう》は、その年齢《ねんれい》を感じさせない。

「よい話をおききしました。みなが心をつくしてお仕《つか》えしている理由がわかるような気がします」

涼音《すずね》はそういって手をついて頭を下げた。

「ほんとうに、殿《との》は人柄《ひとがら》のまっすぐな方なのです。そのかいあって、織田《おだ》さまにお引き立ていただいて、いそがしくてなかなか屋敷《やしき》に落ちついてくれませんけどね」

「いえ。殿さまはもちろんですが……」

淑子《よしこ》がいった言葉を涼音はさえぎった。

「奥方《おくがた》さまのことも大好きになりました。このようなすてきな方のために働けるなんて、わたしは幸せです」

「まあ。……涼音」

淑子は一瞬《いっしゅん》おどろいた顔をして、それからやわらかく笑みを見せた。

「ありがとう。……そなたのことも、はじめて会ったときから、なにやら他人とは思えません。どこかなつかしいような……」

淑子はなにかを思いだすように、つかの間、遠くに視線《しせん》をただよわせた。

「……奥方《おくがた》さま」

どこかなつかしい。涼音《すずね》も同じように感じていた。

『武将《ぶしょう》としての猛々《たけだけ》しさはないが、この方をなんとか助けたいと思うふしぎな魅力《みりょく》をおもちの方だ』

家康《いえやす》のことを、風斗《ふうと》はそういった。尊敬《そんけい》できる方のために仕《つか》える。あたりまえのようでいて、とても幸運なことだと知っている。

「えらいお殿《との》さまほど、政略《せいりゃく》で婚姻《こんいん》をするものでしょうに、ほんとうに心ひかれる方といっしょになられる方も、中にはいらっしゃるのですね」

「あら？　殿以外にもそのような方がおられるの？」

つぶやいたひと言《こと》に、淑子《よしこ》が興味《きょうみ》をもったようだった。

「いえ……。そういうおうわさで、直接《ちょくせつ》知っているわけではないのですけど……」

涼音は一瞬《いっしゅん》口にするのをためらい、つづけた。

「徳川《とくがわ》家康さまは、お亡《な》くなりになったご正室のことを、今でも忘《わす》れずにいらっしゃるときいたものですから……。ご苦労をされた若《わか》いころに出会って、どうしてもと徳川さまがねがって、お輿入《こしい》れをされたそうです」

「まあ、徳川《とくがわ》さまも……」

淑子《よしこ》は、ひたいにしわをよせた。

「一族や家臣をまもるためには、ときには非情《ひじょう》にならざるをえないこともあるのでしょう。……きっと、おつらいでしょうね」

淑子はだれにいうでもなくつぶやいて、いくぶん小降《こぶ》りになった雨空を見上げた。

武田《たけだ》に内通した罪《つみ》で、徳川家康《いえやす》が正室と息子を殺したのは、三年ほど前だった。そのことを、淑子も知っているのだろう。

亡《な》くなった最愛の人をいまだに想いつづけている。そんな方のそばにいて、淑子はつらくないのだろうか。一番になりたいとは思わないのだろうか。

涼音《すずね》は、淑子の美しい横顔を見上げてそう思った。


数日後、ふだんは立ちいることのない奥《おく》の間《ま》によばれた涼音は、緊張《きんちょう》して豪華《ごうか》な鶴《つる》の描《えが》かれたふすまの前にひざをついた。

「す、涼音にございます。およびでしょうか」

たたみにひたいがつくほど頭《こうべ》をたれた姿勢《しせい》で、発した声がふるえた。

光秀《みつひで》に面と向かって会うのは、はじめて屋敷《やしき》に来たときにあいさつしたとき以来だったが、そのときはほかの侍女《じじょ》たちといっしょに遠くからだったし、おそれおおくて顔を見ることもできなかった。

「うむ。入れ」

低くよく通る声がきこえた。

音を立てぬようふすまを開《あ》け、そっとからだを部屋にすべりこませてふたたびそれを閉《し》めた。すばやく平伏《へいふく》して、気配をうかがう。

奥《おく》にいるのは、光秀だろう。淑子《よしこ》がふだんつけているお香《こう》がただよう。淑子が同席しているとわかり、いくぶん安心した。

そして、もうひとり、……なつかしい気配に気づき、涼音《すずね》は視線《しせん》を上げた。

「オヤジさま！」

光秀の前でこちらをふりかえりやわらかな笑顔を向けているのは、ひさしぶりに会った行親《ぎょうしん》だった。

「あ……」

涼音は、行親と光秀の顔をまじまじと見くらべて、ぽかりと口を開けた。

「ふふふ。開《あ》いた口がふさがらない様子ですね」

淑子《よしこ》が、口もとに細い指をあてて笑う。

「わしの顔を見て、さぞおどろいたであろう」

光秀《みつひで》が目じりを下げていった。

いいふうに年を重ねた精悍《せいかん》な顔つき。戦場で焼けた肌《はだ》に、涼《すず》しげな目もと。ひとみには年を感じさせない力強い光がやどっている。

その顔は、『オヤジさま』にそっくりだった。

「……し、失礼いたしました」

顔を凝視《ぎょうし》していたことに気づき、涼音《すずね》はあわてた。

同時に、行親《ぎょうしん》があまたいる武将《ぶしょう》の中で、明智光秀《あけちみつひで》に仕《つか》える理由がわかった気がした。

戦場では影武者《かげむしゃ》として、りっぱに役に立つだろう。

「そうかしこまらずともよい。ひさしぶりの対面だ。つもる話もあるだろう。今夜は行親とすごせばよいと思って、おまえをよんだのだ」

若々《わかわか》しいよく通る声で、光秀はいった。

「え、でも、それでは……」

涼音《すずね》はおどろいて、淑子《よしこ》の顔をうかがう。淑子は目をあわせると、こくりとうなずく。涼音は、行親《ぎょうしん》の娘《むすめ》という肩書《かたが》きだった。

「殿《との》のご配慮《はいりょ》、ありがたいことでございます」

行親は、こぶしをたたみについて頭を下げた。それにならい、涼音も指をついて頭《こうべ》をたれる。

「いや。遠くまで偵察《ていさつ》ご苦労だった。関東の情勢《じょうせい》はどうか」

光秀《みつひで》は、ついさっき涼音に向けたやさしげな顔とは異《こと》なり、いくぶんきびしげなまなざしを行親に向けた。

「旧武田領《きゅうたけだりょう》の国衆《くにしゅう》たちも、織田《おだ》のいきおいにひれふし、したがうようです」

「……そうか。武田の配下には、あまたのつわものがいたときいたが、織田軍はやはりおそろしいと見えるか」

「武田亡《な》き今、天下をとるのは織田とのもっぱらの評判《ひょうばん》にございます」

「天下統一《てんかとういつ》は、まもなくか……」

行親の報告《ほうこく》を、光秀はどこか遠くを見るような顔できいた。

「気になるとすれば……」

行親《ぎょうしん》の声が低く小さくひびいた。

「徳川《とくがわ》が力をもちすぎたことでしょうか」

行親の口から『徳川』の名が出て、涼音《すずね》は一瞬《いっしゅん》どきっとした。風斗《ふうと》のにやりと笑う顔を思いだす。

「武田《たけだ》攻《ぜ》めの一番の功労者は、徳川殿《どの》であろう。殿が領土《りょうど》をあたえるのはあたりまえだ」

光秀《みつひで》は当然のことのようにいった。

「ご苦労だった。今夜は娘《むすめ》と水入らず、ゆっくりと休むがいい」

「…………」

光秀のねぎらいの言葉に、行親はだまったまま頭を下げた。


「オヤジさまのお耳に入れたいことが……」

別室に通されふたりきりになったところで、涼音は耳打ちした。

風斗がたずねてきたこと、徳川家康《いえやす》が、信長《のぶなが》には内密《ないみつ》に、光秀に会いたがっているという話を簡単《かんたん》に説明した。もちろん、於長《おちょう》をさらったなどということはふせておいた。

「ふうむ……」

行親《ぎょうしん》は、あまりこくないひげに手をあてた。このましくない場面で見せる『オヤジさま』のくせだった。

「どういう思惑《おもわく》なのでしょうか」

「織田《おだ》に忠義《ちゅうぎ》をしめすために、徳川《とくがわ》は、武田《たけだ》に内通した正室と嫡男《ちゃくなん》を斬《き》ったのだ。それほど、織田がこわいのだろう。織田と徳川の同盟《どうめい》関係の強化のために、信長公《のぶながこう》に信《しん》頼《らい》のあつい殿《との》にとりいりたいのではないか」

「それほどに、殿は織田さまのご信頼をいただいているのですね」

「ああ。今、信長公に直接《ちょくせつ》ものをもうせる家臣は、殿だけかもしれぬ。徳川さまはぬけ目のないお方だ。信長公を熟知《じゅくち》している殿と親しくなり、信長公の好みなどをさぐりたいのだろう」

「そうですか。それなら、いいのです」

行親がそういうと、風斗《ふうと》から話をきいたときに感じた不穏《ふおん》なものは、とりこし苦労だったのかもしれないと思えてくる。

「でも、おどろきました。殿《との》さまとオヤジさまが、あんまり似《に》ているので……」

「わしが、ここで重宝《ちょうほう》される理由がわかったか」

「はい」

はかまをぬぎ、くつろいだすがたになった行親《ぎょうしん》が、笑みを見せた。その表情《ひょうじょう》も、先ほど会った光秀《みつひで》のやさしげなまなざしに重なり、涼音《すずね》はこくりとうなずく。

「殿さまの影武者《かげむしゃ》となれるのは、オヤジさまだけなのですね。風斗《ふうと》がふしぎがっていました。どうして、オヤジさまが明智《あけち》の殿さまに仕《つか》える気になったのか、と」

「顔が瓜《うり》ふたつというのも理由のひとつだが、それだけではないのだ」

涼音のいれた茶をうまそうにすすりながら、行親は語った。

「わしは、若《わか》いころに山の中で行きだおれて、死にそうになったことがあった」

「オヤジさまが、ですか?」

意外だった。『殺しても死なそうだ』というのが、口の悪い風斗がかげで『オヤジさま』を形容《けいよう》するときに使う言葉だ。

「敵《てき》の偵察《ていさつ》をおえて帰る途中《とちゅう》に、追《お》っ手《て》の矢がかすめた。たいした傷《きず》ではないとそのまま走って逃《に》げたまではいいが、けわしい峠道《とうげみち》のとちゅう冷たい雨に降《ふ》られて、血も体力もうばわれて動けなくなってしまったのだ」

「まあ」

「そこにたまたま通りかかったのが、当時浪人《ろうにん》だった殿《との》だった。たおれているわしを近くの炭焼き小屋まで運び、手厚《てあつ》く看病《かんびょう》をしてくださった。なぜ、見ず知らずの男を助けたのかときくと、『自分が死んでいくような気がしてほうっておけなかった』と笑っておられた」

なつかしそうな顔で、行親《ぎょうしん》はつづけた。

「各地を放浪《ほうろう》した殿は、戦《いくさ》で親を亡《な》くした孤児《こじ》をたくさん見たそうだ。一刻《いっこく》も早く戦をなくし平和な世をつくりたい。そのために、天下をとる武将《ぶしょう》のもとで働くつもりだといっていた。そのとき、わしも殿の夢《ゆめ》を手伝《てつだ》おうとちかったのだ」

行親の目が、まっすぐに涼音《すずね》に向けられている。

戦で親とはぐれ、泣きながらさまよう。遠い記憶《きおく》の中で、そんな場面がうかんだ。

さっきまでだきしめてくれていた母をさがすおさない自分。燃《も》えてけむりのくすぶる建物の残骸《ざんがい》。たおれている兵のしかばね。ほんとうの記憶なのか、想像《そうぞう》なのかわからない。母の顔さえおぼえていない。

行親《ぎょうしん》は、そんな孤児《こじ》だった涼音《すずね》をひろって育ててくれた。ひとりでも暮《く》らしていけるよう技《わざ》を身につけさせてくれた。

もとは武家《ぶけ》の出だという行親が、なぜ孤児を集め世話をするのか、ふしぎに思ったこともあった。それは、もしかしたら、光秀《みつひで》との出会いがあったからかもしれない。

「……殿《との》の夢《ゆめ》をかなえるお方が、織田《おだ》さまだったのですね」

伊賀《いが》の里を攻《せ》めた鬼《おに》のような人だと思っていた。けれど、光秀が見こんだ方でもある。

「信長公《のぶながこう》のやり方には、反発する者も多いが、それだけの力をもっているのだろう。殿も、そこにひかれておるのかもしれん」

織田信長は、足利幕府《あしかがばくふ》の将軍《しょうぐん》を京から追放した。さらに、比叡山延暦寺《ひえいざんえんりゃくじ》を攻め、焼いた。仏門《ぶつもん》にある僧《そう》を攻めるなど、ばちがあたると人々はおそれる。

常識《じょうしき》にとらわれないやり方は、人のうらみもかうかもしれない。けれど、天下統一《てんかとういつ》は目前にせまっている。乱世《らんせい》をおわらせたいという光秀の願いも、もうすぐかなう。

「オヤジさま。ひさしぶりにお話ができてうれしゅうございました。明日の朝も早いので、これで失礼します」

ふすまを背《せ》にして、涼音《すずね》はたたみに指をついた。

「今夜はここで泊《と》まればよいと、殿《との》のご配慮《はいりょ》があったはずだが……」

「ええ。それでも、朝の支度《したく》のさいにすぐお役に立てるよう、奥方《おくがた》さまのそばで眠《ねむ》りたいのです」

一瞬《いっしゅん》意外そうな顔をした行親《ぎょうしん》に、涼音ははっきりとこたえた。

「……涼音、この屋敷《やしき》に来て、よかったか」

「はい！」

行親の目もとにしわがよった。修行《しゅぎょう》のときは、きびしくこわい存在《そんざい》だった行親も、こういうやさしい表情《ひょうじょう》をすることがある。

「お屋敷のみなさまは、ほんとうにいい方ばかりで、毎日楽しくすごしています。オヤジさまのお話をきいて、わたしも明智《あけち》のみなさまのためにつくそうと、ちかいを新たにしました」

「そうか」

うなずいた行親は、しばしのあいだ遠い目をした。そして、ほんの少しためらうような間のあと、口にした。

「……風斗《ふうと》は、元気だったか」

「ええ。……あいかわらず口が悪かったけど」

「あいつは忍《しの》びとしては優秀《ゆうしゅう》だが、どこかあやういところがある。……仕《つか》える先をまちがえなければいいが……」

眉間《みけん》にしわをよせてつぶやく行親《ぎょうしん》の顔を見ながら、涼音《すずね》はのどもとまで出かかった問いをのみこんだ。

柘植《つげ》の下で、徳川《とくがわ》に仕えることは、まちがいなのだろうか。伊賀《いが》での修行《しゅぎょう》時代、鬼《おに》のようにきびしい柘植にいちばん反発したのは、風斗だった。だからこそ、風斗が今でも柘植のもとで働いているのが、涼音にとって意外だった。

不安が顔に出たのだろうか、行親が涼音に笑みを見せる。

「明日、徳川さまが殿《との》に会いたがっていると伝えることにしよう。風斗がせっかく来たのに、手ぶらでは帰れんだろう」

そういって立ちあがる行親を、涼音は複雑《ふくざつ》な思いで見上げた。

オヤジさまは修行ではきびしいけど、なんだかんだといっても、自分が育てた子どもたちを思ってくれている。

でも、そのせいで、明智《あけち》に火の粉《ひこ》がふりかかるようなことがありはしないだろうか。かすかによぎった不安を頭から追いはらい、涼音《すずね》は低頭して部屋をあとにした。

「昨日帰ってきたというのに、もう出かけるとは、殿《との》もおいそがしいですね」

翌朝《よくあさ》、ふたたび安土《あづち》へと向かう光秀《みつひで》の出立《しゅったつ》の準備《じゅんび》をしながら、淑子《よしこ》はめずらしくぐちをこぼした。

「そういうな。信長公《のぶながこう》に信頼《しんらい》されている証拠《しょうこ》と、よろこばねばならぬ」

羽織《はおり》にうでを通しながら、光秀は軽い口調でなだめた。

「わたしは、殿のおからだを心配しているのです。もう若《わか》くはないのですから」

そういいながら、淑子はあうんの呼吸《こきゅう》で、光秀の羽織のひもを手にとった。長年よりそってきた夫婦《ふうふ》のような、なれた手つきでひもを結ぶ。

「若くはないが、引退《いんたい》するのはまだ早いのでな……」

近くにひかえていた涼音は、光秀が一瞬《いっしゅん》つかれたような顔をしたことを見逃《みのが》さなかった。無理のきく年ではなく、淑子の心配ももっともだった。

「父上さま」

ふすまが開き、顔を出したのはお玉《たま》だった。於長《おちょう》と、ふたりの弟君をつれている。

「あいさつにうかがいました」

「おお。そうか。お玉はいつまでおるのだ」

亡《な》き母君、淑子《よしこ》の姉にそっくりだという美しい愛娘《まなむすめ》に、光秀《みつひで》の目もとがやわらぐ。

「もうそろそろ、おいとましようと思います」

「そうか。次帰ったときには会えぬの。しかし、忠興殿《ただおきどの》もさみしがっているだろうからな」

光秀は、残念そうにいった。

「そうなのです。いつ帰ってくるのかと、文《ふみ》がまいりましたので……」

お玉が、美しい顔を赤らめた。

「わしがここまで信長公《のぶながこう》のご信頼《しんらい》をえたのも、明智《あけち》と細川《ほそかわ》の協力のたまもの。忠興殿の父上は、わしの朋友《ほうゆう》だ。そうでなければ、一度嫁《よめ》に行った娘《むすめ》がそう簡単《かんたん》には里帰りなどさせてもらえぬのだぞ」

この時代、武将《ぶしょう》の娘は政略結婚《せいりゃくけっこん》の駒《こま》であり、人質《ひとじち》も同然だった。けれど、お玉の夫の父、細川藤孝《ふじたか》と光秀は、旧知《きゅうち》の仲であるらしい。

「はい。わたくしは、幸せ者にございます」

お玉《たま》が花のような笑顔を見せた。最愛の娘《むすめ》が、嫁《とつ》ぎ先《さき》で大切にされているのをたしかめ、光秀《みつひで》が満足そうにうなずく。

「おじいさま、行ってらっしゃいませ」

お玉に手をひかれた於長《おちょう》が、ゆっくりとした口調でいった。

「うむ」

目を細めてほほえむ光秀を見て、於長はにっこり笑った。教えられたとおりのあいさつができた於長は、満足したのかとてとてと歩きだし、涼音《すずね》のひざの上にちょこんとすわった。見ると先日渡《わた》した風車《かざぐるま》を手にしている。

「お、於長さま」

「於長は、すっかり涼音になついて……。姉のように思っているのかもしれませんね」

あわてる涼音に、淑子《よしこ》が笑いかけた。

「於長も、次会うときには、大きくなっているのだろうな」

光秀がさみしそうな口調でいった。

「父上。行ってらっしゃいませ。無事ご帰還《きかん》をおまちしております」

十二歳《さい》になる十五郎《じゅうごろう》が、一人前の侍《さむらい》のようにかしこまった。

「うむ。剣《けん》や弓の鍛錬《たんれん》にはげむのだぞ」

「はい！」

十五郎と、三歳《さい》年下の乙寿丸《おとじゅまる》は、声をそろえて返事をする。

活発な十五郎と、おとなしいが利発な乙寿丸。尊敬《そんけい》のまなざしを父に向ける若君《わかぎみ》たちは、おとなになればりっぱな武将《ぶしょう》になるだろう。

けれど、光秀《みつひで》が引退《いんたい》し、ゆっくり休めるのはまだまだ先になりそうだ。

子どもたちとの短い団《だん》らんのときをすごしたあと、入れちがいにおとずれたのは、行親《ぎょうしん》だった。すでに旅支度《たびじたく》をととのえ、変装《へんそう》して修験僧《しゅげんそう》のすがたになっている。

白髪頭《しらがあたま》に、長いひげをたくわえたその顔は、目の前で対面する光秀とは似《に》ても似つかない。

「拙者《せっしゃ》は、これから岡崎《おかざき》へまいるつもりです」

「岡崎？　徳川殿《とくがわどの》のところか？」

「はい。じつは、昔の仲間が今は徳川に仕《つか》えております。その者から、徳川さまが殿に秘密裏《ひみつり》に会いたがっているとつなぎがあったのです」

「まあ……」

感嘆《かんたん》のため息をはいたのは、光秀《みつひで》のかたわらにひかえていた淑子《よしこ》だった。

「徳川《とくがわ》さまは、信長公《のぶながこう》へとりいるための助言を、殿《との》に求めたいのでしょう。しかし、念のため徳川でどのような動きがあるか、さぐってまいります」

「うむ。ご苦労である。……わしも、徳川殿とは、腹《はら》をわって話してみたいと思っていたところだ」

そういって、光秀は淑子の顔に視線《しせん》をうつす。淑子は目を見あわせてほほえんだ。

行親《ぎょうしん》が眉間《みけん》にしわをよせた。白いつけひげをそっととさわる。

「機会があればぜひにと、伝えてくれ」

なんの疑《うたが》いもいだいていない様子で、光秀がいった。

「はっ」

短く返事をした行親が、かしこまって頭を下げた。

「オヤジさま」

廊下《ろうか》を行く行親の背中《せなか》を、涼音《すずね》はよびとめた。

「どうした」

「……いえ」

いだいていた不安をうまく言葉にすることができずに、涼音《すずね》は口ごもった。風斗《ふうと》からきいた内容《ないよう》を、涼音がなんの意図もなく淑子《よしこ》に伝えた。ただ、それだけのことだ。

けれど、そのことがすでに光秀《みつひで》の耳にも入っていて、光秀の家康《いえやす》への印象が大きくかわってはいないか。すべては、風斗の、徳川《とくがわ》の思惑《おもわく》どおりに進んでいるのではないか……。

「だいじょうぶだ。会ってさぐりを入れてくる。……奥方《おくがた》さまや若君《わかぎみ》さまたちのことをたのむぞ」

行親《ぎょうしん》は、涼音の心をよんだかのようにそういった。

「はい！」

涼音は、まっすぐ行親の目を見返した。留守《るす》は、わたしがまもるのだ。涼音は新たなちかいを立てて、たのもしい背中《せなか》を見送った。

第三章　シノビヨル敵《てき》

光秀《みつひで》が安土《あづち》へ発《た》って数日がすぎた。涼音《すずね》は淑子《よしこ》のいいたいことが、目もとの動きひとつでなんとなくわかるようになった。

「奥方《おくがた》さま、せんすをおもちしました」

じっとりとしたむし暑い日だった。えりもとに手をあてた淑子にせんすをさしだすと、淑子は一瞬《いっしゅん》意外そうな顔をして、「ありがとう」と礼をいった。

ヒュンと風を切りさく音がきこえる。若君《わかぎみ》が中庭で、弓の訓練をしているのだろう。

淑子が軽い咳《せき》をした。のどが、いがらっぽくひっかかるような音がする。

涼音は立ちあがり、すぐに水をくんできた。

「ありがとう」

のどをうるおした淑子の顔色は、決していいようには見えなかった。

「かりんがあれば、のどにいいお茶がつくれるのですが……。台所のほうをさがしてきます」

薬にたよるまでもないと思った涼音は、そういって部屋を出た。

先ほどまでひびいていた、ヒュン、ヒュンと空気のゆれる音が、気がつくと消えている。『ああっ！』っと、若君《わかぎみ》の声がきこえた。

「………？」

涼音《すずね》は直接《ちょくせつ》台所に向かわず、声の方向に廊下《ろうか》の角《かど》をまがった。

若君たちの部屋の前にある中庭は、風流な池や枯山水《かれさんすい》の庭園のかわりに、剣《けん》や弓の練習所になっていた。

「だ、だれか……」

的にはささらず、あちこちにとんだ矢。そのひとつをとろうとしたのか、乙寿丸《おとじゅまる》が木の枝《えだ》にしがみついている。

「あっ！」

「乙寿丸さま！」

手をすべらせた乙寿丸の声をきき、反射的《はんしゃてき》に涼音のからだが動いた。全力で風を切って走る。

「………！」

木の下にすべりこむと、ずっしりとした重みと衝撃《しょうげき》が両うでにかかる。ひざを使って、乙寿丸のからだをだきとめると、そのままゆっくりと地面に下ろした。

「おけがはありませんか？」

「……ああ。だいじょうぶだ」

目をまん丸にした乙寿丸《おとじゅまる》はふるえた声で、それでも気丈《きじょう》に立ちあがった。

「あぶないではないですか。じいやさまはどうされたのですか？」

いつも若君《わかぎみ》たちにつきそって指導《しどう》しているはずの、老人のすがたがなかった。

「書院で居眠《いねむ》りをしていた」

「居眠り？」

涼音《すずね》は意外に思ってききかえした。年をとってはいるが、かずかずの戦場をくぐりぬけただろう堅物《かたぶつ》の老人からは、想像《そうぞう》できなかった。

「じいやも年だし、急に暑くなったのでつかれておるのだろうと、寝《ね》かしておいた」

「……乙寿丸さまは、おやさしいのですね」

「やさしくても、戦場では役には立たぬ。早く父上の役に立ちたいのに……。兄上のようにはいかぬ」

十五郎《じゅうごろう》とくらべると、かぼそいからだつきの乙寿丸は、そういってうつむいた。

「だから、ひとりで訓練をしていたのですね」

感心してそういったのに、乙寿丸《おとじゅまる》はくちびるをかみしめて、すねたように顔をそむけた。

的にとどかず、地面のあちこちに落ちている矢。あさっての方向にとんだのか、枝《えだ》にひっかかったままの矢……。

「わたしに、おまかせください」

涼音《すずね》は小声で耳打ちし、するすると木に登った。枝の先にひっかかっている矢をつかみ、トンと足からとびおりる。

乙寿丸は、涼音の様子を見てぽかりと口を開《あ》けた。

「弓を、おかしくださいますか」

涼音はあたりを見渡《みわた》し、人影《ひとかげ》がないことをたしかめながらいった。

「弓を？」

女子《おなご》のようなかわいらしい目が、ふしぎそうに涼音を見つめる。

「いいですか。ききうでだけで弦《つる》をひっぱるのではありません。両うでを上げて、下げながら均等《きんとう》にひくのです」

涼音は、ゆっくりとそういいながら、上げたうでを前後にひいた。

「それから、矢をはなつ瞬間《しゅんかん》目をつぶると、矢はねらったところにとびません」

じっくりと的を見ながら、機が熟《じゅく》すのをまつ。矢がとぼうとするまで、はやってはならない。ほんの少しの間《ま》だが、それが重要だ。

はなった矢は、的の真ん中にすぱっと命中した。三年ぶりだったが、うでは落ちていないようだった。

「すごい！」

乙寿丸《おとじゅまる》が目をかがやかせた。

「おぬし、なぜそのようなことができる？」

「……父に習ったことがあったのです。でも、女子《おなご》がするものではないと、とめられているのを忘《わす》れていました。ないしょにしてくださるなら、コツをお教えしますよ」

「うん！」

乙寿丸の視線《しせん》にあわせて、顔を近づけると、乙寿丸はこくりとうなずいた。

「右だけでひくのではなく、両うでを上から下げるようにひいて、射《い》てみてください」

「うむ。上からじゃな」

「それから、目をつぶらずにしっかりと的を見るのです」

乙寿丸《おとじゅまる》は、涼音《すずね》の言葉を口の中で小さくくりかえし、きりりとした表情《ひょうじょう》で的をにらむ。深く呼吸《こきゅう》し、ゆっくりと弦《つる》をひいた。

矢はなめらかな放物線を描《えが》き、的のはしをつらぬいた。

「や、やった！」

「おみごとです！」

とびはねてよろこぶ乙寿丸に、涼音も自然と笑顔になる。

「おぬし、名はなんという」

「涼音にございます」

「涼音の教え方は、わかりやすかった。礼をいう」

乙寿丸は、そういってぴんと背《せ》すじをのばしたあと、一礼した。

「また、教えてくれるか」

「ええ。……ほかの方にないしょにしていただけるなら。こんなおてんばだとわかったら、肩身《かたみ》がせまくなります。せっかく奥方《おくがた》さまのお近くで働けるようになったのに」

「わかった。ふたりの秘密《ひみつ》にしよう」

目を見あわせてそうささやくと、乙寿丸は顔をくしゃっとさせて笑った。

「それにしても、乙寿丸《おとじゅまる》さまは、ごりっぱですね。ひとりでも訓練をおこたらないなんて」

「父上がおつかれでも休めないのは、われらが子どもだからだ。早く一人前になって、父上をらくにしてさしあげたいのだ」

そういってはにかんだ乙寿丸の小さな手には、訓練でできたマメがいくつもできている。

「……それなのに、兄上は先ほど書の時間だというのに、居眠《いねむ》りをしておった」

「十五郎《じゅうごろう》さまが、居眠り……？」

さわりと、涼音《すずね》の胸《むね》の中のなにかがさわいだ。

「父上は、書がお上手なのだ。戦場から信長公《のぶながこう》へ報告《ほうこく》する文《ふみ》は、戦況《せんきょう》が手にとるようにわかると、おほめの言葉をいただいたそうだ。文の書き方ひとつもおろそかにできぬというのに……。じいやが目をはなしたすきに手をぬくなど、見そこなったわ」

「乙寿丸さま！」

涼音は、乙寿丸の両肩《りょうかた》をつかんだ。

「十五郎さまとじいやさまは、なにかめしあがりませんでしたか？　乙寿丸さまが口にしていないもので」

「ええと、……そういえば」

鳥のように小首をかしげて、乙寿丸《おとじゅまる》が頭の中のなにかをさがす。

「よもぎまんじゅうを食べていた」

「乙寿丸さまは、食べなかったんですね？」

「……うん。よもぎは、苦手だから……」

「わかりました。ありがとうございます！」

涼音《すずね》はきびすを返し、渡《わた》り廊下《ろうか》を進み台所へ向かった。

じいやだけではなく、十五郎《じゅうごろう》までもがぐうぜん居眠《いねむ》りをするとは考えられなかった。

いやな予感がする。光秀《みつひで》も、行親《ぎょうしん》もいないこの屋敷《やしき》の中に、むし暑い空気といっしょに不穏《ふおん》な気配が流れこんでいる。

台所では、ひとりの下女《げじょ》がしかられて半べそをかいていた。いつもてきぱきと働き、まんじゅうをつくるのが得意な下女だった。

「どうかしたのですか？」

「昼間からうたた寝《ね》をしていたみたいよ。めずらしいわね」

顔なじみの侍女《じじょ》にたずねると、まゆをひそめてこたえた。

「涼音《すずね》は、どうしたの？　奥方《おくがた》さまになにか用？」

「ええ。かりんのほしたものがあるといいんですが」

「それなら、裏《うら》の物置ではないかしら。ほした薬草などは、そこにしまわれているはずだから」

「ありがとうございます」

ていねいに頭を下げて、涼音は台所を出て裏庭の物置に向かった。

まんじゅうに使われたよもぎ……、それとも、粉《こな》か、あずきか。眠《ねむ》り薬《ぐすり》を入れられたのかもしれない。そして、だれにも気づかずにそんなことができるのは……。

物置の重い戸を開《あ》けると、中はひんやりとした空気がたまっていた。気配は感じない。けれど、かすかに甘《あま》いにおいが奥《おく》にただよう。

からだが反応《はんのう》した。重い戸につきささる手裏剣《しゅりけん》をよけると同時に、髪《かみ》にさしたかんざし型の棒手裏剣《ぼうしゅりけん》を投げつけた。ねらったとおりそれは奥にひそむ黒い影《かげ》に命中したはずだった。

「よくわかったな」

ききなれた声に、笑いがまじっている。

命中したと思った手裏剣《しゅりけん》は、黒装束《くろしょうぞく》の肩《かた》をかすめたが、肉を切りさくことはなかった。

昔のままだ。修行《しゅぎょう》時代の風斗《ふうと》は、いつだって髪《かみ》の毛《け》一本分のすきまで攻撃《こうげき》をよける。わざと、かするかかすらないかのところで。だから、風斗の顔もからだもいつも傷《きず》だらけだった。

「風斗、なんのまねだ」

まわりにきこえないように低く発した声は、怒《いか》りをかくすことはできなかった。

「なんのことだ」

「眠《ねむ》り薬《ぐすり》を入れただろう」

「おれが入れたって証拠《しょうこ》はないだろう」

にやりと、つめたい表情《ひょうじょう》で風斗は笑った。その言葉で、風斗が犯人《はんにん》だと涼音《すずね》は確信《かくしん》する。

「いつまでここにいる？　徳川《とくがわ》さまの件《けん》なら、オヤジさまから殿《との》に伝えた。風斗がここにいる用事はもうないはずだ」

「用ならまだあるさ」

平然とかんざしをぬき、涼音《すずね》のほうに投げてよこす。カランと音を立てて、かんざしが床《ゆか》にころがった。

「明智《あけち》の、弱点をさぐる」

「……弱点？」

ぞわっと背中《せなか》に悪寒《おかん》が走った。

光秀《みつひで》を信頼《しんらい》し支《ささ》えようとする家族や家来たち。まとまっているように見えるが、風《ふう》斗《と》がひとり屋敷内《やしきない》にいるだけで、とたんにほころびが見える。

「そんな顔して怒《おこ》るなよ」

にやりと笑って、風斗は一歩前に出た。

「じょうだんだよ。おれのほんとうのねらいは……」

一歩、二歩と、風斗は近づく。

「織田信長《おだのぶなが》の首だ」

その冷たい声に、ぞっとした。正気とは思われない。

涼音は、ごくりとつばをのんだ。

「伊賀《いが》の里が、どんなふうにあいつらにめちゃくちゃにされたか知っているか？」

天井《てんじょう》のはりから、クモがすっとおりてくるのが見えた。涼音《すずね》は、やっとのことで首を横にふる。

「根だやしだ。降参《こうさん》した女子どもも、みな殺された。小隼《こはや》もそうだ。あいつは、いっしょに戦ったちびたちだけでもなんとか助けたいと、降伏《こうふく》すれば命は助けるといった敵《てき》の言葉を信じて出ていった。それなのに、やつらはみな殺しにした」

「なんですって……」

小隼は、小さな子の面倒《めんどう》をみるのが好きだった。弟や妹のようにかわいがり、生きる術《すべ》を教えた。自分たちも年長の仲間から、そうしてもらったように。

「出ていかないと、山に火をはなった。そこから逃《に》げたところを鉄砲《てっぽう》でうち殺された。そのまま焼け死んだやつも多かった」

淡々《たんたん》と語る風斗《ふうと》の目だけが、怒《いか》りにふるえている。

「風斗。気持ちはわかる。でも、明智《あけち》は織田《おだ》の家臣だ。協力はできない。まして……」

「伊賀の城戸弥左衛門殿《きどやざえもんどの》を知っているか」

涼音の言葉を、風斗はさえぎった。

「……あの、銃《じゅう》のうで前ではならぶ者がないといわれている？」

直接《ちょくせつ》会ったことはないが、うわさでは耳にしたことがあった。遠くからでも百発百中でねらう伊賀一《いがいち》の銃の達人だった。

「信長をねらってしとめたと思ったが、影武者《かげむしゃ》だった。それ以来、おもてには出てこない。安土城《あづちじょう》も、近年京でのねぐらにしている本能寺《ほんのうじ》も、忍《しの》びは近づくことができん。信長を殺せるのは、あいつと直接《ちょくせつ》対面できる武将《ぶしょう》だけだ」

「な、なにをばかなことを……。殿《との》は、織田《おだ》さまにもっとも信頼《しんらい》されている家臣なのよ」

「だからだよ。今いちばん、信頼されている家臣が、明智《あけち》だ。信長を殺《や》れるのは明智だけだ。だから、オヤジさまは、明智のそばに仕《つか》えているのではないのか」

いつの間にか、風斗《ふうと》は涼音《すずね》の目の前に立っていた。

つうっと背中《せなか》に汗《あせ》が流れる。

「……ありえない。そんなばかなことを考えているのは、風斗だけでしょ？　それとも、柘植《つげ》さまや徳川《とくがわ》さまの意思なの？」

「さあな」

風斗《ふうと》が目を細めた。笑っているようにも、顔をゆがめただけのようにも見えた。

「ここから、今すぐ出ていって！　明智《あけち》の方々に、これ以上なにかしたらゆるさないから！」

「はいはい」

ばかにしたように、風斗はそういって、涼音《すずね》の開《あ》けた戸をくぐろうとする。

「そうだ。涼音」

風斗は、ふと思いついたようにふりかえった。

「おまえが里を出るときに渡《わた》したあれ、まだあるか」

思いがけずやわらかな口調で、風斗はいった。

涼音が公家《くげ》の屋敷《やしき》に下働きに出るとき、小隼《こはや》やほかの小さな仲間たちは、泣きながら涼音を見送った。顔色ひとつかえずにいた風斗は、別れの言葉のかわりに、小さな守《まも》り袋《ぶくろ》を手渡した。中には、毒消しなどの薬が入っていた。

「あるけど……」

黒装束《くろしょうぞく》といっしょにしまったままだ。毒消しなど、忍《しの》びからはなれた生活を送っていれば、使う必要もないものだった。

「あるなら、いい。大事にもっておけよ」

風斗《ふうと》は涼音《すずね》の顔を見ることなくそういって、すがたを消した。


もの心ついたころから、風斗と小隼《こはや》がいつもいっしょにいた。

その前の記憶《きおく》は、とてもおぼろげなものしか残っていない。だきしめられた母のぬくもり。ひとり荒《あ》れはてた村をさまよう心細さ。焼かれた家のすすけたにおい。ひもじくてすわりこんだときのしめった土の冷たさ。

気がつくと、里山で仲間と暮《く》らしていた涼音は、そこで忍《しの》びの修行《しゅぎょう》に明けくれた。ときどき『オヤジさま』は山を下り、そのたびに新たな仲間をつれてきた。どこかで戦《いくさ》があったのだろうと、涼音にもだんだんわかってきた。

つれてこられる子どもは、ぼろぼろの着物を着た子も、きれいな着物を着た子もいた。『オヤジさま』は、どの子にも同じようにやさしく、そして、きびしかった。自分もこの子たちと同様に、どこかの戦場からひろわれたのだと気づくのにも、そう時間はかからなかった。

『おまえたちは、一度命をうしなった身だ。ここでどんな過酷《かこく》な状況《じょうきょう》でも、生きていく術《すべ》を身につけよ』

毎日のようにそういわれたが、動乱《どうらん》の世の中で親のない子どもが『生きる術』を身につけるのは、簡単《かんたん》ではなかった。優秀《ゆうしゅう》な忍《しの》びになるか、なれなければ命を落とすだけだ。

もっとも危険《きけん》な修行《しゅぎょう》は、年長の仲間が投げる手裏剣《しゅりけん》をよけるものだ。恐怖《きょうふ》に目をつぶり、あたりどころが悪ければ、その場で命を落とす。手裏剣には、弱い毒がぬってある。手足にかすった場合にも毒がからだをめぐり、その晩《ばん》は高熱を出すはめになる。

風斗《ふうと》はいつも、手裏剣をぎりぎりのところでよける。だから、しょっちゅうからだに傷《きず》をつけて、夜中に熱でうなされていた。

『早く寝《ね》ろよ。明日も早いぞ』

いつだったか、ひたいに冷たいぬれ手ぬぐいをのせると、風斗はうす目を開《あ》けていった。

『うん』

うなずいたものの、涼音《すずね》は顔をのぞきこんだ。月明かりに照らされる顔が赤い。ふれたほおが、びっくりするほど熱かった。夜こんなふうにうなされて、そのまま朝おきてこなかった仲間を、涼音《すずね》は何人も知っていた。

『風斗《ふうと》は、どうしてわざとあたるの？』

『……気づいていたのか』

荒《あら》い息の風斗が、うす目を開《あ》けた。

『見ていればわかる』

涼音さえもらくによけられるゆるい手裏剣《しゅりけん》を、風斗はわざと肌《はだ》にかすらせる。致命傷《ちめいしょう》にならない程度《ていど》の傷《きず》をあえて負っているように見えた。

『毒にからだをならしているんだ』

『あほじゃないの？』

『……今日のは、毒消しがきかなかったな』

思えばこのころから、風斗は毒に異常《いじょう》に興味《きょうみ》をもっていた。毒の種類と濃《こ》さ、それらにきく毒消しをみずからのからだを使ってためしていた。

『だいじょうぶだから。早く寝《ね》ろ』

そういって風斗は寝返《ねがえ》りを打って顔をそむけた。

『くっそ……、今に見てろよ』

うなされた苦しげな息のあいまに、はきだすような小さな声がきこえた。なにを考えているかわからないところもあった。けれど、風斗《ふうと》はいっしょにつらい時期をすごした仲間だった。

物置の中をさがし、残っていたよもぎの葉のにおいをかいでみた。異物《いぶつ》のにおいは感じられない。粉《こな》やあずきのにおいもかいでみたが、涼音《すずね》には判断《はんだん》がつかなかった。

かりんを見つけたが、それを口にする気にもならなかった。

風斗がなにを考えているのかわからない。けれど、ここに風斗がいたという事実が、涼音を混乱《こんらん》させた。

結局台所でお茶とあめをもらい、淑子《よしこ》の部屋にもどると、淑子の顔色が青白くなっているような気がした。

「涼音、おそかったですね」

「……かりんをさがしたのですが、見つかりませんでした。お茶と、のどによさそうなあめをもらってきました」

そういって笑みをつくろうとするほおが、ひきつるのを感じずにはいられなかった。

中庭からは、竹刀《しない》をまじえる音がきこえる。十五郎《じゅうごろう》が目ざめたのか、『まだまだ』『もう一本』と、若君《わかぎみ》たちの声がひびいている。

淑子《よしこ》が咳《せき》をする。さっきよりも、ひんぱんにのどの違和感《いわかん》を気にしている。

「おかぜをめされたのでしょうか」

「於長《おちょう》たちが帰って、つかれが出たのかもしれませんね。わたしも年かしら……。殿《との》の心配をしている場合ではありませんね」

じょうだんめかして、淑子がほほえんだ。

「横になられたらいかがですか」

「そうね。少し休もうかしら」

涼音《すずね》がすすめると、淑子はつらそうに指先をたたみについた。

「お医者さまをよびましょうか」

「いいえ。横になれば、だいじょうぶよ」

寝床《ねどこ》の準備《じゅんび》をととのえた涼音の提案《ていあん》に、淑子は首をふった。

「それから、このことは殿には伝えてはなりませんよ」

「え？」

「よいですね」

床《とこ》に入りながらも、真剣《しんけん》なまなざしで告《つ》げられ、涼音《すずね》はうなずいた。

湿気《しっけ》がまとわりつく。ぬれ手ぬぐいを用意しようと、涼音は井戸《いど》へ向かった。

「えい！　やあ」

渡《わた》り廊《ろう》下《か》にさしかかると、若君《わかぎみ》たちが剣《けん》のけいこをしていた。

背《せ》の高い十五郎《じゅうごろう》に負けじと、乙寿丸《おとじゅまる》が大きな声を出している。ふたりは二度三度と竹刀《しない》をあわせる。

十五郎が「やあ！」と声を上げた。はねとばされてうしろにしりもちをついた乙寿丸が、顔を上げたときに涼音と目があった。

『目をそらしてはなりません』

声を出さずに、そうつぶやいた。相手から攻撃《こうげき》をされると思うと、恐怖《きょうふ》で肩《かた》に力が入り目をそらしてしまう。だから、相手の動きがよめないし、攻《せ》めをかわすこともできない。

乙寿丸はこくりとうなずき、くちびるをひきしめた。

「やあ！」

正面から竹刀《しない》をふりおろした十五郎《じゅうごろう》が、気合《きあい》の入ったかけ声を出した。さっきはすくんだ乙寿丸《おとじゅまる》は、落ちついて相手の動きを見た。ひょいっと竹刀を横にさけると、十五郎はひょうしぬけしたように足もとをよろめかせた。

「えい！」

すかさず乙寿丸の竹刀が、十五郎の小手《こて》をねらった。

「あっ！」

カランと竹刀が砂利《じゃり》の上にころがった。十五郎が手首をおさえる。

「やった！」

乙寿丸が、顔をぱあっとほころばせた。涼音《すずね》のほうに視線《しせん》を向け、にこりと笑う。

涼音は、自然と笑みを返した。

「ちぇ。砂利に足をとられただけさ。もう一本！」

「のぞむところだ！」

ふたたび竹刀を向けあう兄弟を、涼音はまぶしい思いで見まもった。

第四章　ニオワナイ毒

「涼音《すずね》。義母上《ははうえ》の様子はどうだ？」

障子《しょうじ》を開け中庭に面した廊下《ろうか》に出ると、乙寿丸《おとじゅまる》がかけよってきた。

淑子《よしこ》が寝《ね》こんだ翌日《よくじつ》、医者にみせると夏かぜだろうという話だった。しかし、五日たっても、淑子の体調は回復《かいふく》しない。昨日から微熱《びねつ》が出ているようだった。

「今、お医者さまがみてくださっています。薬をのんでいるので、きっとよくなりますよ」

涼音は、心配そうなひとみをのぞきこんでそう笑いかけた。

「今日は、弓や剣《けん》のけいこはなさらないのですか」

「うむ。義母上のことが気になって、手につかぬのだ」

「まあ。そんなことでは、奥方《おくがた》さまは悲しみますよ」

「わかっておる。……でも」

乙寿丸は、うつむいてくちびるをかんだ。そのままぷいっと顔をそらし、縁《えん》に腰《こし》をかける。

「わたしの実の母上も、『ただのつかれだろう、すぐによくなる』といわれたのに、そのまま治らなかった……。そのことを思いだしてしまうのだ」

手入れの整った中庭に目をやりながら、ぽつりとつぶやいた。

『このことは殿《との》には伝えてはなりませんよ』

最初に床《とこ》にふしたとき、淑子《よしこ》はそういった。若君《わかぎみ》たちの母であり、光秀《みつひで》の最愛の妻《つま》の死を思いだすことのないように気づかっているのだろう。

「涼音《すずね》の母上はどこにいるのだ」

あやめの花から目をそらさないまま、乙寿丸《おとじゅまる》がたずねた。

「小さなころ別れたきり……、顔もおぼえていません。たぶん亡《な》くなっているのかと」

「そうか。……いっしょだな」

なぐさめるように、乙寿丸は少し楽しげな声を出した。

「ええ。でも、奥方《おくがた》さまや、この屋敷《やしき》のみなさまに親切にしてもらって、……幸せです」

涼音は、乙寿丸のとなりに腰《こし》かけた。

「わたしも、母上が亡くなったときは悲しかったが、義母上《ははうえ》が来てくれてほっとした。屋敷の中が、ぱっと明るくなったのだ。姉妹だけあって、母上とよく似《に》ている」

乙寿丸《おとじゅまる》のかわいらしい横顔。すっとした鼻すじは父光秀《みつひで》の面影《おもかげ》があるが、やさしげな目もとは淑子《よしこ》と似《に》ているような気もする。

「父上も、母上が亡《な》くなったあとは、一時期やつれてしまって心配だったのだ」

おとなのようなもの言いで、乙寿丸はつぶやく。

「きっと、すぐによくなられますよ。だから、それまでに弓のうでを上げておいてください。奥方《おくがた》さまが、見たらおよろこびになりますよ」

「……そうだな。義母上《ははうえ》をおどろかせよう」

涼音《すずね》が顔をのぞきこんではげますと、乙寿丸は顔を上げて笑みを見せた。


じりじりと日差しが強くなる。中庭のあやめも背《せ》をのばし、つぼみからあざやかな花にかわる。

それなのに、淑子の体調は一向によくならない。顔色も青白く、日に日に弱っていくように感じられる。涼音は、あせりを感じずにはいられなかった。

「……もう、今日はいいわ」

かゆを半分ほど食べたところで、淑子は首をかすかにふった。

「でも、奥方《おくがた》さま。食べませんと力がつきません。もうひと口だけ……」

涼音《すずね》はできるだけ不安を見せないように笑いかけ、さじにかゆをすくった。

「……そうね」

しぶしぶといった雰囲気《ふんいき》で、淑子《よしこ》は口を開《あ》けた。そのまま深く息をして、目をつぶる。

涼音は、残ったかゆのにおいをそっとかいでみた。とくに、不審《ふしん》なものは感じられない。

「奥方さま、お医者さまがいらっしゃいました」

侍女《じじょ》が、医者をつれて部屋に入ってくる。

「おかげんはいかがですか」

京で有名だという医者は、白いあごひげをたくわえた老人だった。

「かわりません」

「そうですか。食欲《しょくよく》はどうですか」

「……あまりなくて」

医者の問いかけに、淑子は言葉少なにこたえる。

下げようとした椀《わん》のかゆの残りを、医者はちらりと見た。涼音《すずね》は、医者に一礼をする。

「それでは、薬を出しましょう。少し苦《にが》いですが、これはがまんしてのんでください」

医者がそういってふところから紙に包まれた薬をとりだす。

「……はい」

侍女《じじょ》の手をかり、淑子《よしこ》がからだをおこそうとするのを見ながら、涼音は部屋をあとにした。

もう一度、椀の残りのにおいをかぐ。疑《うたが》ってはなにも食べられないと思いながらも、疑惑《ぎわく》の念がふくらんでいく。

「明智《あけち》さまには、お知らせしたのですか」

「いいえ。それが、まだ……」

医者がそう問い、侍女の困惑《こんわく》する声がきこえた。

「そうですか。……でも、それでは……」

医者の声が低くなる。

光秀《みつひで》には、淑子が床《とこ》にふせっていることは伝えていない。『心《しん》の臓《ぞう》が弱っている』

という医者の見立てを伝えることを、淑子《よしこ》が承知しないのだ。

それでも、光秀《みつひで》に伝えずに万が一のことがあったら……。

身ぶるいした。ぼおっとしているひまはない。涼音《すずね》は、台所に向かった。

かゆも汁《しる》も水も、淑子の口にするものは、すべてふたりがかりで毒見をしている。

それだけではあきたらず、米も塩も台所でそっとにおいをかいでみた。

風斗《ふうと》が眠《ねむ》り薬《ぐすり》を入れたあの日から、淑子の体調がくずれた。風斗が淑子に毒をもっているのかもしれない。そう思うと、涼音の胸《むね》はかきむしられそうになる。

『おまえが里を出るときに渡《わた》したあれ、まだあるか』

とつぜん、風斗の言葉がよみがえった。意地悪な風斗の口調が、ふとやわらいだ瞬《しゅん》間《かん》。

涼音は音を立てぬよう渡り廊《ろう》下《か》を走った。

若君《わかぎみ》たちが、弓の訓練をしている音がきこえる。乙寿丸《おとじゅまる》は、あれから不安を打ちけすように、熱心にけいこにはげんでいる。

涼音は、寝所《ねどこ》にしている部屋にかけこんだ。風呂敷《ふろしき》をとく。黒装束《くろしょうぞく》、忍《しの》び刀《がたな》にまきびし……。

「あった……」

黒装束《くろしょうぞく》に包まって、梅の模様《もよう》の小さなえんじ色の守《まも》り袋《ぶくろ》が顔を出した。風斗《ふうと》が用意したにしては、かわいらしい守り袋。

修行《しゅぎょう》で傷《きず》を負うと、毒のせいで傷口が熱く、息をするのも苦しい。そのまま意識《いしき》をうしないそうになる。そんなとき、風斗は、涼音《すずね》の顔を乱暴《らんぼう》にたたき、『涼音はのろまだなあ』と、顔をのぞきこんで笑う。そのあとで、風斗はこっそりと毒消しをのませてくれた。

みずからのからだでためした毒消しは、忍《しの》びの使う毒のほとんどにきくように調合されていた。風斗に毒消しをのませてもらうと、黒い沼《ぬま》の中にひきずりこまれそうな意識が、すっと浮上《ふじょう》するような心持ちになった。

涼音も小隼《こはや》も、何度も風斗に助けられた。意地悪なもの言いでも、仲間から信頼《しんらい》されていたのは、そのせいだった。

涼音は、守り袋をそっと開《あ》けた。紙に包まれた数種類の薬。その中の毒消しをつかんだ。

「いちかばちか」

涼音《すずね》はひと包みとりだし、守《まも》り袋《ぶくろ》についているひもを首にかけた。包みをにぎりしめたまま、部屋を出る。

中庭に面した渡《わた》り廊下《ろうか》からは、乙寿丸《おとじゅまる》が弓を射《い》ているのが見えた。的をにらむ真剣《しんけん》な表情《ひょうじょう》。目を見開いたまま手からはなれた矢は、的のはしにつきささる。

こわがらずに目をそらさない。

忠告《ちゅうこく》をしっかりとまもっているすがたに、涼音ははっとした。

わたしも、目をそらしてはいけない。ぐっとにぎりしめたこぶしに力をこめた。

淑子《よしこ》の部屋に向かうと、ちょうど医者と侍女《じじょ》が小声でひそひそと話をしながら、部屋を出ていくところだった。

とっさに、涼音は廊下の角《かど》にかくれた。なぜかくれたのかわからなかった。ほんとうならば、医者にあいさつをし、礼をいわなければならないのに。

「奥方《おくがた》さま」

医者のすがたが見えなくなったところで、涼音は淑子の部屋に忍《しの》びこむように入り、枕《まくら》もとで声をかけた。

「……その声は、涼音ね」

目を開《あ》けるのもおっくうなのか、淑子《よしこ》は首だけ少しかたむけていった。

「よい薬が手に入ったのです。のんでくださいますか?」

「……薬なら、さっきお医者さまが……」

「どうか、おのみください」

枕《まくら》もとにひざをつき、涼音《すずね》は耳もとでたのんだ。せっぱつまった声だったかもしれない。淑子がうっすらと目を開けて、涼音の顔をさがすように視線《しせん》をさまよわせる。

「……おこしてください」

涼音は、淑子の背中《せなか》を支《ささ》えた。衣の上からも、やせた肩《かた》がわかる。

「これを……」

涼音は、風斗《ふうと》の毒消しを溶《と》いた水をさしだした。骨《ほね》ばった手のひらで、湯のみをもった淑子は、ゆっくりと時間をかけてそれをのみほした。

「きっと、よくなります」

ふたたび横になった淑子に、涼音はいのるように言葉をかけた。

淑子が目をつぶった。苦しそうな荒《あら》い息。

どうか、よくなって。

涼音《すずね》は、淑子《よしこ》の枕《まくら》もとで正座《せいざ》をしながらねがった。同時に、心のどこかで、正反対のことを考えている自分がいた。

これでよくなったら、淑子は毒をもられていたことになる。眠《ねむ》り薬《ぐすり》をたわむれにもることができる風斗《ふうと》なら、涼音にもだれにも気づかれず、淑子に毒をもることもできるのではないか。

いつの間にか、淑子の荒《あら》い息が静まった。苦しげなものから、おだやかな息になったように感じられる。

「……奥方《おくがた》さま」

真っ白だった顔の色も、うっすらとほおに赤みがさしたように見えた。からだの毒が消えた。ほっとした一方で、胸《むね》の中からふつふつと熱いかたまりがせりあがってくる。

淑子のやすらかな寝息《ねいき》をたしかめ、涼音は立ちあがる。胸《むな》もとに忍《しの》ばせておいた笛を手にとり、部屋をあとにした。笛を思いきり吹《ふ》いても、音は鳴らない。けれど、しばらくすると、大きなつばさのはためく音が近づいてきた。

「小隼《こはや》」

名をよぶと、おさななじみと同じ名の鷹《たか》は、おとなしく涼音《すずね》の左うでにとまった。

「よし。えらい子だ……」

小隼《こはや》もこんなふうに、自分の手足となって働く鷹に声をかけていた。

「これを、風斗《ふうと》にとどけて」

涼音は、鷹の足に文《ふみ》を結んだ。これを風斗が見れば、きっと来るはずだ。

鷹は、一瞬《いっしゅん》涼音を見つめ、それから空へ旅立った。日が西の空にかたむきかけている。涼音は、黒い影《かげ》が小さくなるまでそれを見送った。

『丑三《うしみ》つどき、林でまつ』

月のかくれた、深い闇《やみ》。黒装束《くろしょうぞく》に身を包んだ涼音は、風斗と再会《さいかい》した林の中にいた。

小隼にたくした文を見て、風斗はかならず来る。

涼音が息を殺して通りすぎた大木の上のふくろうは、なにごともないようにホーホーと鳴きつづけた。

風斗が、淑子《よしこ》に毒をもったかもしれない。そう思うと、全身の血がたぎる。

明智《あけち》の弱点をさぐるためか。

織田《おだ》を殺し、仲間の仇《あだ》を討《う》つためか。

ただ単に、涼音《すずね》の大切な人をいたぶって、右往左往《うおうさおう》するのを楽しんでいるのか。

あふれでそうになる怒《いか》りを、涼音は闇《やみ》をにらむことでおさえた。

勝負は一瞬《いっしゅん》。風斗《ふうと》相手に、ためらったらおわりだ。

耳をすますが、気配は感じられない。

「…………！」

風上から、かすかな甘《あま》いにおいがした。迷《まよ》うことなく涼音はふりかえり、手甲《てこう》に忍《しの》ばせておいた棒手裏剣《ぼうしゅりけん》を投げつけた。まっすぐに黒いかたまりに向かう。

そのからだを切りさいたと思った瞬間《しゅんかん》、黒いかたまりはゆっくりと前に歩みでた。

「ずいぶんなあいさつだな」

風が吹《ふ》いて、雲の切《き》れ間《ま》から月がのぞく。月明かりに照らされて風斗の顔が見えた。笑っているようにも見える口のすぐわきに、鮮血《せんけつ》がひとすじ流れている。

棒手裏剣は、風斗のほおをかすめただけだった。

「チッ！」

思わず舌打《したう》ちして、涼音《すずね》は忍《しの》び刀《がたな》をぬき斬《き》りかかった。黒いからだをななめに切りさいたと思った瞬間《しゅんかん》、刃先《はさき》はむなしく空《くう》を斬る。

「どうした。そんな怒《おこ》った顔をして……。光秀《みつひで》の奥方《おくがた》でも死んだか？」

いつの間にか、風斗《ふうと》は木の枝《えだ》の上に立っていた。風斗の言葉に、かっと全身の血が沸騰《ふっとう》する。

「よくも、そんなことを……」

怒《いか》りにまかせて、手裏剣《しゅりけん》を投げつけた。

一瞬《いっしゅん》早く木からとびおりた風斗目がけて、さらに忍び刀をつきつける。今度はかたい刀ではじきかえされた。二度三度と刃《やいば》をまじえるが、風斗の刃先には余裕《よゆう》が感じられる。

修行《しゅぎょう》時代でさえ、涼音はほとんど風斗に勝っていない。それから、三年。忍びの修行からはなれていた涼音にくらべ、風斗はほんものの戦《いくさ》を何度も経験《けいけん》したにちがいない。

「あっ！」

風斗の反撃《はんげき》に、涼音の刀がカランと音を立てて土の上に落ちた。ひろうより早く、風斗《ふうと》の足がそれをふみつける。

「なにがあったか、きいている」

風斗の声には少しも感情《かんじょう》の波がまざらなかった。刀をひろおうとしゃがみこんだままの涼音《すずね》をしとめることは、風斗にとって簡単《かんたん》なことだった。

「どうして、奥方《おくがた》さまに毒をもった？」

「…………」

「だれにも気づかれずじょじょにからだを弱らせる毒を入れられる者など、風斗のほかにいないだろう！」

「……そうか。毒消しがきいたか」

ぽつりと、風斗はつぶやいた。

「やはり、おまえか！　どうして、そんなことをした。そんなに織田《おだ》がにくいのか」

「織田は、にくいさ」

顔を見上げて風斗をにらむと、風斗はぞっとするような冷たいひとみでどこかを見ていた。どこか、涼音にはわからない闇《やみ》の中を。

「織田がにくいなら、織田をねらえばいいだろう！　奥方さまには、関係ない。すぐにここから出ていけ！」

「そうだな……。涼音《すずね》がいうなら、そうするか」

風斗《ふうと》は口もとをゆがませた。きつくふんでいた忍《しの》び刀《がたな》から足をはずし、背《せ》を向ける。

今なら、やれるだろうか。刀をひろい、その背中《せなか》につきさせば……。そう思うのに、からだは動かない。風斗ならきっと、涼音の殺気を察知した瞬間《しゅんかん》、涼音の息の根をとめる。

「涼音」

背を向けたまま、風斗が名をよんだ。

「オヤジさまにひろわれる前のこと、おぼえているか？」

おだやかな声で問われた内容《ないよう》に、涼音はとまどう。

「……いや」

「そうか」

ほっとしたように息をはいた風斗は、二歩三歩はなれ、それから、気配を消した。

同時に月がふたたびかげる。

風斗を殺すことができなかった。なぜ淑子《よしこ》の命をねらったかをききだすことさえできなかった。

涼音《すずね》はくちびるをかみしめ、自分の力のなさをのろった。

もっと力がほしい。

涼音は、ふところに忍《しの》ばせた手裏剣《しゅりけん》に手をあてて、風斗《ふうと》のいなくなった闇《やみ》をにらんだ。


翌日《よくじつ》には、淑子《よしこ》のからだは回復《かいふく》した。すっかりよくなっておきあがった淑子に、医者はおどろきをかくさなかった。それでも、やせてひとまわり小さくなった淑子を見るのは、涼音にはつらいことだった。

「奥方《おくがた》さまに、もうしあげたいことがあります」

淑子とふたりきりになったところで、涼音はそういってたたみに手をついた。

「なんですか。あらたまって……」

「おいとまをいただきたいのです」

「いとまを……？」

ここをやめさせてほしいという意味だった。淑子が、まっすぐに涼音を見つめる。

涼音《すずね》は本気だった。風斗《ふうと》の意図はわからないままだ。けれど、風斗が来てから、於《お》長《ちょう》や十五郎《じゅうごろう》があぶないめにあった。そして、淑子《よしこ》に毒をもるなどというゆるされない事態《じたい》になった。

それは、涼音がここにいることが原因《げんいん》なのではないかと思えてくる。自分ばかりが忍《しの》びの世界からはなれて、安らかに暮《く》らすなどゆるされないといわれているようだった。

「どういうことですか？」

せめる意思は感じられない。ただ、単純《たんじゅん》に理由を問うている、そういう声色《こわいろ》で淑子はたずねた。

「わたしは、おさないころ義父《ちち》にひろわれた孤児《こじ》でございました……」

ここをはなれるにしても、淑子には真実を伝えておきたい。涼音は、正直に語りだした。

忍びの技《わざ》の訓練を受けて育ったこと。仲間が、於長をさらったこと。そして、若君《わかぎみ》や淑子に、眠《ねむ》り薬《ぐすり》や毒をもったのではないかと疑《うたが》っていること……。

包みかくさずのべるのは、涼音にとってつらいことだった。

「そう……」

淑子《よしこ》は、もっていたせんすをパチリと閉《と》じた。

「もうしわけありません」

信頼《しんらい》を裏切《うらぎ》ってしまったことがもうしわけなくて、涼音《すずね》は頭をたたみにこすりつける。

「あなたが、忍《しの》びの里の出だということは、うすうす気づいていました」

「え？」

淑子の思いがけない言葉に、涼音は顔を上げる。

「行親《ぎょうしん》が、殿《との》の影武者《かげむしゃ》であることを思えば、おどろくことではありません。それに、身のこなしもふつうの侍女《じじょ》とはちがいますもの」

「……うす気味悪くはないですか」

「涼音が……？」

淑子はせんすで口もとをかくして、目だけで笑った。

「涼音が、わたしたちのために一生懸命《いっしょうけんめい》つとめてくれていることは、屋敷《やしき》のみな知っています。信頼しているからこそ、近くにおくようにしたのではないですか」

「……でも、そのせいで……」

信頼《しんらい》にこたえられなかったことが口惜《くちお》しく、涼音《すずね》はくちびるをかんだ。

「わたしのからだがよくなったのも、涼音がのませてくれた毒消しのおかげです」

「でも、あれは、風斗《ふうと》がくれたもので……」

「そう。おかしいわね」

「え？」

顔を上げると、淑子《よしこ》がにこりと笑みを見せる。

「涼音の仲間は、ずいぶんむだなことをするのですね。涼音が毒消しをもっているのに、毒をもるなんて。しかも、それはその者が涼音にくれたのでしょう」

「そういえば……、風斗がこの存在《そんざい》を教えてくれたんです」

涼音は、首にかけた守《まも》り袋《ぶくろ》を手にとった。風斗の言葉がなければ、この袋の存在さえ、忘《わす》れていたのに……。

「それは……」

淑子ははっとした顔をして、涼音に近づいた。香《こう》のにおいが鼻をくすぐる。

「……奥方《おくがた》さま？」

「涼音《すずね》。これを、どこで手に入れたのです？」

目の前の淑子《よしこ》が、守《まも》り袋《ぶくろ》を手にとり、食いいるように見つめている。

「これは……、風斗《ふうと》がはなむけにくれたんです。上等の守り袋ですもの、きっと京の市場でひろったか、ぬすんだか、したのではないかと……」

「そう……。そうよね」

一瞬《いっしゅん》さまよった淑子の目が、中庭に向けられた。

夏めいてきた日差しの中、あやめの花が咲《さ》きほこる。ふらりと立ちあがり、縁側《えんがわ》に出て庭を愛《め》でる。

『そうか。毒消しがきいたか』

昨夜、風斗はそういった。残念そうではなく、事実の確認《かくにん》という感じで……。風斗が犯人《はんにん》だとしたら、この袋の存在《そんざい》をわざわざ思いださせる必要があるだろうか。

風斗でないとしたら……。ほかにだれが毒を入れられるだろう。

淑子が口にするものは、すべて涼音ともうひとりの侍女《じじょ》で毒見をした。かゆも水さえも……。でも、なにか見落としてはいないか。涼音の口にしていないものがあるのではないか。

「……奥方《おくがた》さま！」

はっと気がついて、涼音《すずね》は立ちあがった。

「お医者さまを……。お医者さまをおよびしていただけますか？」

淑子《よしこ》がふしぎそうな顔をしてふりかえる。

「どなたか。お殿《との》さまにおつなぎをしてください！」

廊下《ろうか》を出て、涼音はかけだした。

ゆいいつ、涼音が口にしていないものは、淑子にあたえられた薬だ。

着物のすそを手に、まくれるのも気にせず走る。剣《けん》の訓練をしていた若君《わかぎみ》たちが、手をとめてなにごとかと涼音のほうを見た。

第五章　ミカタニヒソム敵《てき》

「お手柄《てがら》だったな。涼音《すずね》」

徳川《とくがわ》の偵察《ていさつ》からもどった行親《ぎょうしん》が、涼音をねぎらった。

すなおにうなずけない涼音は、あいまいな笑みをうかべるしかなかった。

十日ほど前、『奥方《おくがた》の容体《ようだい》がふたたび急変した』とのうその報告《ほうこく》をうけてやってきた医者に、涼音は内密《ないみつ》に見せたいものがあると、客間で対面した。

『奥方さまは、毒をもられていると思われるのです』

『まさか。なにか根拠《こんきょ》がおありなのですか。もられた毒が見つかったとか……』

涼音が切りだすと、医者はとくに動揺《どうよう》するふうもなく、そういった。一瞬《いっしゅん》瞳孔《どうこう》が開くのを、涼音は見逃《みのが》さなかった。

『毒は、残念ながら見つかっていません』

『そうでしょう。奥方さまは、心《しん》の臓《ぞう》が弱ってらっしゃるのです。今までのご苦労がたたったのでしょう。あのくらいのお年の方には、めずらしいことではありませんよ』

急に饒舌《じょうぜつ》になった医者は、長くのびたあごひげをせわしなくさわった。

『ですが、心配なのです。ここに、どんな毒にもきく毒消しのつくり方が書いてあります。これをためしてみようと思うのですが、その前にお医者さまにも見ていただきたいと……』

涼音《すずね》は、たもとから小ぶりの巻物《まきもの》をとりだした。

『故郷《こきょう》に伝わる門外不出の書なのですが、奥方《おくがた》さまの命をお救いできるならと……』

『ほう。……拝見《はいけん》してもよろしいかな』

涼音が動く前に、興味《きょうみ》をもった医者がいざり足で近よった。

『こちらです』

『どれ……』

息のかかるくらいの距離《きょり》で、医者は巻物を手にとった。そっと巻物を開くと、そこにはなにも書かれていない。

『これは……』

おどろく医者が顔を上げる前に、涼音はすばやく医者のうしろにまわる。同時に、巻物のしんの部分に仕こまれた小刀をひきぬき、首もとにつきつけた。相手に油断《ゆだん》をさせて近づくための、伊賀《いが》の忍《しの》びに伝わるからくり道具だ。

『動かないでください』

『な、なにを……』

しわがれた医者の声がふるえる。涼音《すずね》は、医者のふところから紙に包まれた薬をぬきだした。

『この薬を調べさせていただきます。それまでは、おとなしくこちらにしたがってください』

涼音の言葉にあわせて、ふすまがいっせいに開かれた。数人の兵が槍《やり》を手に医者をとりかこむ。

『くっ……』

医者は、眉間《みけん》にしわをよせて、手をたたみについた。

『ひきたてよ』

兵のひとりがさけぶと、ふたりの兵が医者の両わきをかかえようとする。その直前に、医者がたもとからなにかをつかみ口に入れた。

『ぐぐっ……』

医者は、のどから不快《ふかい》な音を立ててのたうちまわった。

涼音のからだから、さあっと血の気がひいた。

『早く、毒消しを！』

医者をあおむけにして、毒消しをのませようとするが、すでに顔は真《ま》っ青《さお》でくちびるからはあわがあふれている。即効性《そっこうせい》の毒だ。

『どうして……。どうして、奥方《おくがた》さまをねらったの？　なにが動機なの？』

涼音《すずね》は、からだをゆすって大声でさけんだ。医者は、一瞬《いっしゅん》まっすぐに涼音を見返し、にやりと笑ったように口をひきつらせて、そのまま、息をひきとった。

涼音の手に残った薬からは、じょじょにからだを弱らせる毒が見つかった。

毒をもった者ははっきりとしたが、その本人が死んだことで、その理由も、うしろにひかえる黒幕《くろまく》の存在《そんざい》も見えてこないままになった。

「やはり、忍《しの》びのしわざでしょうか。織田《おだ》さまの力をそぐために、明智《あけち》の殿《との》の弱点をねらったのかもしれません」

涼音は、行親《ぎょうしん》に、不安な胸《むね》のうちをぶつけた。

織田の天下統一《てんかとういつ》をこころよく思っていない者たち……。将軍《しょうぐん》に通じる大名《だいみょう》や、本願寺《ほんがんじ》のような仏教《ぶっきょう》関係者、織田にほろぼされた武田《たけだ》らの残党《ざんとう》……。

少し考えただけでも、いくつもの勢力《せいりょく》が思いうかぶ。それらに、故郷《こきょう》をうばわれた伊賀《いが》の忍《しの》びたちが結びついたとすれば……。

「その可能性《かのうせい》がないわけでないが、織田《おだ》家臣の中でも、殿《との》のことをねたむ者も多いのだ」

行親《ぎょうしん》は、深いため息をついた。

「織田さまのご家臣は、お仲間ではないのですか」

「殿は織田に仕《つか》えて日があさい。それなのに、信長公《のぶながこう》にもっとも信頼《しんらい》される家臣となっている。もともと織田に仕えていた重臣からすれば、おもしろくないだろう。あの医者は、複数《ふくすう》の織田家臣の屋敷《やしき》に出入りしていた形跡《けいせき》があるのだ。それゆえ、殿はこれ以上調べるおつもりはないらしい」

「そんな……」

思いがけないところにある悪意に、涼音《すずね》の心はこおりついた。

風斗《ふうと》は、明智《あけち》をねらう敵《てき》の存在《そんざい》を知っていたのだろうか。わかっていて、危険《きけん》を知らせるためにあえて眠《ねむ》り薬《ぐすり》を入れたのか。

やさしいのか、にくたらしいのか。敵なのか、味方なのか。わからない。

けれど、風斗が近づくと、ものごとが思ってもいない方向に流れていくような気がする。

今日も、病にふしていたことになっていた淑子《よしこ》にと、徳川家康《とくがわいえやす》の側室阿茶局《そくしつあちゃのつぼね》からの見舞《みま》いの品と文《ふみ》をたずさえた使者が来ていた。

淑子の命がねらわれたことを、徳川方《とくがわがた》はすでにつかんでいる。風斗《ふうと》が告《つ》げたのにちがいなかった。

徳川が、明智《あけち》に近づいてくる。そこには、風斗が仕《つか》える柘植《つげ》の動きがあるにちがいない。

「どうした、涼音《すずね》。うかない顔をしているな」

行親《ぎょうしん》に顔をのぞきこまれ、涼音はわれに返った。

「いいえ。だいじょうぶです」

涼音は、笑みを返した。

「姑息《こそく》な敵《てき》が、どんな手を使ってきても、わたしは、奥方《おくがた》さまをおまもりします」

二度ともどりたくないと思っていた忍《しの》びの世界。けれど、黒装束《くろしょうぞく》にそでを通し、怒《いか》りにまかせて風斗に手裏剣《しゅりけん》を投げつけたあの夜に、心が決まった。

「ああ。たのんだぞ」

行親《ぎょうしん》は目じりを下げて、涼音《すずね》の頭に大きな手のひらをのせた。

「それで、オヤジさま。徳川《とくがわ》はいかがでしたか。……風斗《ふうと》には会えたのですか」

涼音は、行親の顔を見上げてたずねた。あの日以来、風斗の気配も、小隼《こはや》のすがたも見かけない。

「ああ。徳川のことは、心配ない。風斗にも会って話をつけてきた」

「そうですか」

行親の自信をもった口調に、涼音は少しだけほっとした。

「問題は、もっと近いところにいる敵《てき》かもしれん。殿《との》は、頭脳明晰《ずのうめいせき》で切れ者だが、その分敵も多い……」

ひとりごとのようにつぶやいて見つめたその先には、障子《しょうじ》にうつる月明かりがあった。

行親の見ている先にどんな敵がひそんでいるのか、涼音には想像《そうぞう》もできないでいた。

「帰ってこられたと思ったら、またお出かけですか」

光秀《みつひで》の支度《したく》を手伝《てつだ》いながら、淑子《よしこ》はあきれた声を出した。

「まあ、そういうな。いそがしいことはいいことだ。それだけ信頼《しんらい》されているという証拠《しょうこ》だ」

光秀《みつひで》は苦笑いを見せながら、羽織《はおり》にうでを通した。烏帽子《えぼし》を頭にのせると、それだけで威厳《いげん》にみちた立ちすがたになる。

「殿《との》じきじきの命《めい》で、安土城《あづちじょう》で徳川《とくがわ》殿をもてなすことになった」

「まあ、徳川さまを？」

「武田滅亡《たけだめつぼう》の立役者の功をねぎらう大切なお役目だ。安土に向かうのはまだ先だが、いろいろと仕入れをせねばならぬのでな」

そういって、光秀はひとつ咳《せき》をした。

「奥方《おくがた》さま」

涼音《すずね》は、そっと淑子《よしこ》に湯のみを渡《わた》した。帰ってきてからのどにひっかかるような咳をする光秀のために、涼音が用意したかりんの茶だった。

「ありがとう。さ、殿、こちらをお召《め》しあがりください」

準備《じゅんび》の整った光秀を上座《かみざ》にすわらせて、淑子が茶をすすめた。

「うむ」

あぐらをかいた光秀《みつひで》がそれを口にふくむ。

「小さなことが大病につながりましょう。ほんとうは、だれかにまかせて一日くらい休まれたほうがよろしいのですけど……」

「淑子《よしこ》は、心配症《しんぱいしょう》だ。……わしにも、心配をさせてもらいたいものだがな」

光秀がそういって、となりで口うるさくいう淑子の顔をのぞきみた。それには淑子も苦笑して、だまるしかなかった。

「なにかあったら真っ先に教えてもらいたいものだ。なにも知らずにあとで後悔《こうかい》するようなことには、なりたくない」

「はっ。もうしわけありませぬ」

怒《おこ》っているのではない光秀の口調に、淑子はおとなしく頭を下げた。心から心配しあっているふたりの様子を、涼音《すずね》は部屋の一歩外で見まもっていた。

「淑子がなにをいっても、今後は内密《ないみつ》にすることのないように。かならずわしに伝えるのだぞ」

光秀がひかえていた涼音に向かって目配せをする。

「はい」

涼音《すずね》は、神妙《しんみょう》に頭を下げた。

「殿《との》にお願いがあるのです。安土《あづち》には、涼音をおつれくださいませんか」

「え？」

淑子《よしこ》の言葉に、涼音は思わず顔を上げる。

「わたしがことなきをえたのは、涼音の働きです。涼音はとてもたよりになる子です。殿のおからだも心配ですし、安土におつれいただければ、わたしも安心できます」

「ふうむ」

光秀《みつひで》が、こくないひげに手をあてた。その仕草が、行親《ぎょうしん》のそれに似《に》ている。

「わしは、涼音が淑子のそばにいてくれたほうがいいと思うが……」

命をねらわれたばかりの妻《つま》を案じている目で、光秀は淑子を見た。

ひとまわりやせて小さくなったように見える、からだ。それでも、淑子は意思の強そうなひとみでまっすぐに光秀の顔を見返した。

「そなたが安心するのであれば、それもいいだろう。いいな、涼音」

「はっ、はい！」

思ってもみなかった展開《てんかい》に、涼音はとまどいをかくせなかった。

「安土《あづち》には行親《ぎょうしん》も同行する。それほどかたくならずとも、だいじょうぶだ。安土はよい町だ。あんなに活気あるところはほかにはないぞ」

光秀《みつひで》はそう涼音《すずね》に笑いかけながら、立ちあがった。食材の調達にみずから出かけるところだ。

「それでは、くれぐれも無理をなさいませんよう」

念をおした淑子《よしこ》に、光秀は苦笑をうかべてうなずいた。

「わたしなどが同行しても、お役に立つのでしょうか」

光秀を見送った淑子に、涼音はおそるおそるたずねる。淑子の意図するところがわからなかった。

淑子は、涼音のほうに向きなおった。

「涼音にたのむのはもうしわけないと思うのですが……、わたしを助けてくれたように、殿《との》のことをまもってはもらえませんか」

「お、奥方《おくがた》さま。お顔をお上げください！」

両手をつき頭を下げる淑子に、涼音はあわてていった。

「わたしがお役に立てることがあれば、もちろんなんでもいたします。でも、かえって足手まといになるのではと……」

「戦場に行くのではありませぬ。もてなしのうたげの準備《じゅんび》です。涼音《すずね》なら、きっと役に立っても、足手まといにはなりますまい。それに……」

淑子《よしこ》は手をついたまま顔を上げ、熱っぽく涼音の顔を見た。

「いやな予感がするのです。……わたしに毒をもった者の目的はわかっていません。おそらく、殿《との》にうらみをもつ者のしわざでしょう。その者が、今度はいつ殿のお命をねらうかと心配でならぬのです。もちろん、行親《ぎょうしん》やほかの家臣たちがまもってくれるとは思いますが、戦場ではない台所は、女子《おなご》のほうが気づくこともあるでしょう」

淑子はふっとくちびるをほころばせ、涼音の手をとった。その白く細い手を、涼音はおどろいて見つめた。

「涼音がそばにいてくれたら、だいじょうぶな気がするのです。おまえはいつも、わたしたちを助けてくれる。ふしぎな縁《えにし》を感じるのです」

「えにし……？」

淑子は、ゆっくりとうなずいた。

「かならず、殿さまをおまもりします」

涼音《すずね》は、にぎられた手に力をこめる。淑子《よしこ》はほおをゆるめ、目を細めた。

「織田《おだ》さまが天下を統《す》べる日も、そう遠くはありますまい。そうすれば、戦《いくさ》の世もおわり、殿《との》もからだを休めることができましょう」

淑子が遠い目をして、中庭のほうに視線《しせん》をうつした。

兄弟がおたがいに一歩もひかず、竹刀《しない》をかわしている音がきこえる。ひよわに見えた乙寿丸《おとじゅまる》も、じょじょに自信をもって、十五郎《じゅうごろう》に負けないくらいに成長している。

「涼音に、これを……」

淑子はふところから文《ふみ》をとりだし、そっとさしだした。

「徳川家康《とくがわいえやす》さまのご側室からの文です」

「よろしいのですか？」

先日、使者が見舞《みま》いの品をもってきたさいに、淑子にとどけられた文だった。それを涼音が目を通していいのかと、上目づかいでうかがう。

「徳川さまのお人なりがよくわかります。それに、この方が、どんなに徳川さまのことをおしたいしているのかも……」

目だけでうなずき、淑子はいった。

文《ふみ》には、淑子《よしこ》のからだを気づかう見舞《みま》いの言葉と、光秀《みつひで》に心配をかけまいとした淑子に感動したことが書かれていた。

「徳川《とくがわ》さまという方は、大名《だいみょう》でありながらずいぶん質素《しっそ》でかわった方なのですね」

健康にはたいそう気を使っていて、みずから薬草を調合するとか、ごちそうはからだによくないから、好物は地もとでつくられたみそを焼いた八丁みそご飯だとか。武《ぶ》将《しょう》らしからぬ話題がならんでいる。

『武将としての猛々《たけだけ》しさはないが、この方をなんとか助けたいと思うふしぎな魅力《みりょく》をおもちの方だ』

風斗《ふうと》がそういったのを思いだした。

文面から『どうか、我《わ》が殿《との》のことをよしなに、おたのみもうしあげます』と、その方の心からの願いがあふれてくるような気がする。

『わたしを助けてくれたように、殿のことをまもってはもらえませんか』

涼音《すずね》に頭を下げたときの真剣《しんけん》な淑子の顔。淑子は、この文の主と同じ気持ちでいて、共感しているのだろう。

そばにいる方に愛される。光秀と家康《いえやす》は、そういうところも似《に》ているのかもしれない。

どんな方なのだろう。涼音《すずね》は、まだ見ぬ家康《いえやす》の顔を想像《そうぞう》して、無意識《むいしき》にほほえんでいた。


本膳《ほんぜん》から六の膳まで、京風のごちそうがそろいつつある。ひれをりっぱに立てたたいの焼きものにはじまり、渡《わた》りがに、まながつおのさしみ、山椒《さんしょう》をきかせたきじ肉、大豆をいって飴《あめ》でからめたまめ飴という菓子《かし》など……。涼音は、安土城《あづちじょう》の台所でいそがしく動きまわる料理人たちと、その手でつくられる豪華《ごうか》な食事にくぎづけになっていた。

料理人のこしらえた膳を、あでやかな衣装《いしょう》の侍女《じじょ》たちが運んでいく。せわしげな様子の侍女たちを手伝《てつだ》おうとして、涼音は足をとめた。

はかまをはき、きりりと髪《かみ》を結いあげる。涼音は、小姓《こしょう》のすがたに変装《へんそう》していた。小姓は、主《あるじ》の世話をする少年だ。この格好《かっこう》でいきなり膳を運びはじめたら、おどろかせてしまう。

やはり変装した行親《ぎょうしん》もすぐ近くで目を光らせており、心配はないように思った。

「明智《あけち》さまのご小姓《こしょう》ですか」

とつぜん、うしろから声をかけられて、涼音《すずね》はぎくっとした。ふりかえると、目の前に腰《こし》にさした刀が見えた。見上げるほど高い位置にある顔。

涼音は、思わず目を見開いた。見たことのない黒い肌《はだ》の、巨人《きょじん》といえるほど大きな男だった。

口がぽかりと開《あ》いたままの涼音を見て、男は愛想よくにこりと笑った。

「拙者《せっしゃ》、織田《おだ》家臣弥助《やすけ》ともうします。さすが、明智殿《どの》は、女子《おなご》のような美しいご小姓をもっておられる」

ほがらかな声でそういう弥助に、涼音は背中《せなか》につっと汗《あせ》をかいた。

「殿より、うたげの準備《じゅんび》を、確認《かくにん》するよう、いいつかってまいりました」

「……ご苦労さまです。まもなく準備が整います。今、我《わ》が殿《との》が徳川《とくがわ》さまを迎《むか》えに行っているところにございます」

声色《こわいろ》を低く意識《いしき》して、涼音はこたえた。

遠くから、行親《ぎょうしん》がこちらの様子をうかがっている。なにかあれば、行親が動くはずだと、涼音は気持ちを落ちつけた。

「わかりました。今しばらくと、伝えましょう。また、様子を見にまいります」

片言《かたこと》の日本語で、けれど、美しい所作で礼をし、弥助《やすけ》はくるりと廊下《ろうか》をひきかえした。


「おどろいたか」

行親《ぎょうしん》が、涼音《すずね》に歩みよって耳もとでささやいた。

「渡来《とらい》した宣教師《せんきょうし》がつれてきた黒人の奴隷《どれい》で、信長公《のぶながこう》に献上《けんじょう》されたのだそうだ」

「ドレイ？」

ききなれない言葉に、涼音はききかえした。あのような背《せ》の高さも、すみのようなつややかな肌《はだ》も見たことはなかった。

「宣教師の来た国では、人間を牛馬のように売り買いしているらしいのだが、信長公が気に入って家臣にしたのだ。力ある者は、どんな身分の者もとりたてて機会をあたえる。信長公らしいと、殿《との》が話していたことがあった。今は、信長公に忠実《ちゅうじつ》な家臣のひとりだ」

「……そうなのですか」

背後《はいご》から気配を感じなかった。からだが大きいだけでなく、うでのほうもかなりのつわものにちがいない。声をかけられたときの、思いがけない肩《かた》のふるえを思いだし、涼音《すずね》はきゅっとくちびるをひきしめた。

弥助《やすけ》の来た方向に目をやると、大柄《おおがら》な男が大きなおひつをかかえて大広間へと運ぶところだった。いよいようたげの準備《じゅんび》が整いつつある。

涼音が場所をゆずり、頭を下げて男の通りすぎるのをまとうとすると、炊《た》き立《た》ての飯《めし》のにおいとともに、かいだことのあるかすかな甘《あま》いにおいをかぎとった。

「お、おまちください！」

思わずよびとめると、男は不審《ふしん》そうな顔をして、涼音を見下ろした。

「どうされた、小姓《こしょう》どの」

「いえ、そのおひつの中をあらためてよろしいでしょうか」

「なに？」

太いまゆを上げて、男はすごんだ。

「なにやら、よくないにおいがしたので」

涼音は、負けずにおひつに手をかけた。しかし、大柄な男がしっかりとにぎりしめているおひつをうばうことはできない。

「ああ？　おれの炊《た》いた飯《めし》がくさっているとでもいうってのかい！」

「そうはいっておらぬ。しかし、万が一のことがあれば、おぬしの首だけではすまされぬぞ」

「…………」

つばをまきちらすいきおいの男だったが、きびしい口調の行親《ぎょうしん》に、言葉をうしなった。

「どんなにおいがしたのだ」

男からおひつをうけとった行親が、涼音《すずね》にたずねる。

「なんだかはわかりかねますが、……附子《ぶす》のにおいに似《に》ているのではないか、と」

「附子？」

男の顔が真っ白になった。

附子は、トリカブトの根で猛毒《もうどく》だ。トリカブトの葉は無臭《むしゅう》だが、ほした根にはかすかだが独特《どくとく》のにおいがある。

じょじょにからだを弱らせる淑子《よしこ》のときの毒とはちがい、ほんとうにそれが入っていたならば命を落とすことになる。

おひつを床《ゆか》に下ろし、行親《ぎょうしん》がふたを開《あ》けた。白米のやわらかなにおいと同時に、修《しゅ》行時代《ぎょう》にかぎなれた毒のにおいが、かすかにまざる。

「……たしかに、まちがいなさそうだ」

ふたをしめ、行親は顔を上げた。

気の毒なほど真っ白な顔になり、いくぶん小さくなったようにも見える男が首を横にふった。

「そ、そんなはずはねえ……。おれは、知らねえ。おれが、ずっと番をしていたっていうのに、どうして毒が入るんだ」

「いっときも、目をはなさなかったのか」

行親の問いかけはおだやかな口調だったが、有無《うむ》をいわさぬ雰囲気《ふんいき》があった。

「あ……」

なにか思いついたように、男が口を開いた。

「弥助殿《やすけどの》によばれて、少し立ち話をした」

「弥助殿に……？」

とっさにつぶやいた涼音《すずね》の声色《こわいろ》が、低くかたいものになる。

「でも、ほんのわずかな時間だ。たいしたことは話してねえ。うたげの準備《じゅんび》はたいへんだろうとか、どんなごちそうが出るとか……、たわいもない話で……」

「弥助殿《やすけどの》は、織田《おだ》の家臣だ。毒をもるはずはないだろう」

「そ、そうですよね」

行親《ぎょうしん》の言葉に、男はほっとした顔色になった。

「しかし、この飯《めし》を出すわけにはいかぬな……」

「……そんなことをいわれたって、米を今から炊《た》きなおしたのでは、うたげに間にあわぬ」

「殿《との》は、じきに徳川《とくがわ》さまをつれてもどるぞ……」

今度こそ、男の顔が真っ白になった。米を炊く料理人として、飯が間にあわぬではすまされない。気性《きしょう》の荒《あら》い信長《のぶなが》の怒《いか》りをかえば、その場で首を斬《き》られるかもしれない。

「ほかに、かわりになるようなものはないのですか？」

涼音《すずね》は、今にもたおれそうにふるえている男の肩《かた》をつかんだ。

「……おれたちが食う玄米《げんまい》なら炊いてはあるが……。そんなものをもてなしの膳《ぜん》などにのせたら、それこそおしかりをうけるわ」

「……玄米《げんまい》か」

涼音《すずね》は、人差し指をくちびるにあて、考えこんだ。

玄米は、この時代ふつうに食べられる主食だ。もてなしの主食にはふさわしくない。白米は貴重《きちょう》なもので、戦場で力を出すときや、特別ならたげでしか食べられない。

「でも……」

涼音は、家康《いえやす》の側室から淑子《よしこ》がもらった文《ふみ》を思いだした。大名《だいみょう》でありながら、質素《しっそ》な食べものを好み、健康にも気をつから家康ならば、もしかしたら……。

「みそは、どの種類がありますか？　……考えがあります」

涼音は顔を上げて、泣きそうな大男を見上げた。


「これはみごとな料理のかずかずだ。このような豪華《ごうか》なもてなし、ありがたいことでございまする」

にこやかな笑みをうかべた家康が、満足げにそういった。人のよさそうな丸顔のとなりには、いかめしい強面《こわもて》の家臣がならぶ。

「なに、徳川殿《とくがわどの》の今回の働き、みごとであった。名門武田《たけだ》をたおすことができたのも、徳川殿《とくがわどの》の働きがあってのこと。遠慮《えんりょ》なく楽しんでくれ」

上座《かみざ》にいる、武将《ぶしょう》にしては白く美しい顔立ちの男が信長《のぶなが》だった。そのわきに、光秀《みつひで》がひかえている。

うわさにきくそうそうたる武将たちのいる空間に圧倒《あっとう》されながら、涼音《すずね》は酒が行きわたるよう、侍女《じじょ》たちに指示《しじ》をしていた。

「今日の膳《ぜん》は、徳川殿のために特別に用意させた料理だ。さあ、口にあうといいが」

信長は、そういいながら盃《さかずき》の酒をあけた。紅色《べにいろ》のくちびるが、なまめかしく光る。

きげんは悪くなさそうで、涼音はほっとしていた。

「拙者《せっしゃ》には、もったいないごちそうにございます。しかも、わしの好物をさらりと膳にのせてくださるとは、さすが明智《あけち》殿。心配りがすばらしい」

家康《いえやす》は、茶色がかった飯《めし》を口に入れて満足そうに相好《そうごう》をくずした。

「お気に召《め》していただけたでしょうか」

光秀が頭を下げ、上目づかいで家康の様子をうかがった。

「うむ。八丁みそとは風味がちがう気がするが、これはこれでうまい。さすが、京で食べられるものは、同じみそ焼きめしでも、上品な味わいだ」

家康《いえやす》は、ふっくらとしたやわらかそうな手で椀《わん》をつかみ、まじまじと見つめる。

「まことに、なつかしいようでいて、またちがった味わいにございますな」

家康のとなりにすわっていた家臣が、同調する。見ると、椀の中のほとんどを食べつくしている。

信長《のぶなが》が切れ長の目を細めた。ごちそうにははしをのばさずに、盃《さかずき》に口をつけた。そのくちびるに笑みをうかべている。

ただの玄米《げんまい》に、京のみそを焼いてのせたものだ。家康の好物をまねてとっさにつくったのが功を奏《そう》した。

柱のかげから、飯炊《めした》き担当《たんとう》の男が中をのぞきこみ、ほっとした顔になった。

「豪華《ごうか》な料理ばかりでは気おくれしてしまいます。田舎武士《いなかぶし》の口にあうよう、ご配慮《はいりょ》くださった明智殿《あけちどの》の采配《さいはい》には、まこと頭が下がります」

家康がそうほめるのをきき、光秀《みつひで》は目じりを少し下げる。ふたりは、一瞬《いっしゅん》親しげに目を見あわせた。

白米に毒がもられ、きゅうきょ料理を変更《へんこう》したことは、すでに伝えてある。

光秀は歓談《かんだん》を楽しむようにしながら、すきを見せずに不審《ふしん》な人物がいないか視線《しせん》をめぐらせている。

それは、行親《ぎょうしん》も涼音《すずね》も同じで、信長《のぶなが》の家臣たち、家康《いえやす》の家臣たちが笑いあい、酒をのむ様子に目を光らせる。

あの毒は、だれをねらったものなのだろうか。それとも、信長から信頼《しんらい》をえているのをこころよく思わない者が、光秀《みつひで》をおとしいれようとしたのか。

なごやかで楽しげな笑い声。きげんよく笑いあう武将《ぶしょう》たちを見ながら、涼音はうすら寒いものを感じていた。


「光秀！」

うたげはつつがなくおわった。宿舎《しゅくしゃ》にしている寺へ家康を送っていった光秀が、ふたたびもどってくると、ほぼ片《かた》づけの終了《しゅうりょう》しつつある広間に、鬼《おに》の形相《ぎょうそう》をしてあらわれたのは信長だった。

「殿《との》。どうされました」

「どうしたも、こうしたもないわ！」

信長は、ほかの家臣たちには目もくれず、光秀の前に速足で向かっていった。

「このうつけ者めが！」

「あっ！」

信長《のぶなが》は、ためらいもなく光秀《みつひで》の腹《はら》をけりたおした。

たおれる光秀にかけよろうとした涼音《すずね》のうでをつかみ、行親《ぎょうしん》がなにもいわずにひきとめた。

「わしの名でまねいたもてなしの膳《ぜん》に、田舎《いなか》くさい料理をのせるとはなにごとか！」

信長は、たおれている光秀のひたいをおうぎでたたく。

「そ、それには……」

「だまっておれ。おまえの話をきくお方ではないぞ」

いいわけをしようとする涼音を、行親が耳もとでささやき、きびしい声でとめた。

「…………」

ここで涼音がなにをいったところで、さわぎが大きくなるだけだ。

なにごとかと、信長の家臣たちが廊下《ろうか》からのぞいている。だれも、なにもいえない。

しんと静まりかえる中、多くの視線《しせん》がたおれて烏帽子《えぼし》のぬげた光秀に注がれていた。

「もうしわけありません」

光秀《みつひで》はゆっくりからだをおこし、両手を床《ゆか》についた。顔を上げ、しっかりと信長《のぶなが》を見つめかえしている。その表情《ひょうじょう》は静かで、怒《いか》りや侮蔑《ぶべつ》を感じているようには見えなかった。

「飯《めし》からくさったにおいがしたとの報告《ほうこく》があり、やむをえずさしかえました」

「飯がくさっていただと？」

「原因《げんいん》はわかりませんが……。面目《めんぼく》もないことで……」

「おまえの能《のう》なしぶりには、あきれかえったわ！　もうよい！　接待役《せったいやく》は、べつの者にやらせる」

信長の怒りはおさまりそうになく、鬼《おに》のような形相《ぎょうそう》のまま、光秀をにらみつけた。

「はっ！」

光秀がひたいを床につけるほど頭を下げた。

行親《ぎょうしん》につかまれているうでがふるえている。こんなふうに大勢《おおぜい》の前で頭を下げる光秀のすがたなど見たくはなかった。

「わたしのせいで……」

涼音《すずね》は小さくつぶやいた。よかれと思ってしたことだったのに。家康《いえやす》やその家臣たちはよろこんでくれたのに……。

「おまえには、べつの役目をあたえる。汚名返上《おめいへんじょう》したくば、ついてこい」

「はっ」

信長《のぶなが》がきびすを返し、奥《おく》の間《ま》に向かう。柱のかげからのぞいていた家臣たちがあわてて去っていく。

光秀《みつひで》が、信長のあとを追った。ひたいにおうぎがあたったあとが赤くついている。

「明智殿《あけちどの》は、殿のお気に入りときいたが、そんなことはないのだな」

「ああ。前にもこのように叱咤《しった》されたときいたことがあるぞ」

あと片《かた》づけをしていた男たちがささやいた。

このような屈辱《くつじょく》をたびたびうけていたなんて……。光秀は、信長にとても信頼《しんらい》されているのではなかったか。そのために、つかれたからだにむちを打ってまで、働いているのではないか。

涼音《すずね》の心臓《しんぞう》がトクトクと大きく鳴った。ふたりが消えた方向に目を向ける。

あのように怒《おこ》った信長とふたりで、なにを話しているのだろう。今度はどんな無理《むり》難題《なんだい》をいいつけられるかわからない。

『いやな予感がするのです』

心配そうな淑子《よしこ》の顔を思いだした。

涼音《すずね》は足音を立てずに、そっとその場をあとにした。

「田舎料理《いなかりょうり》にしては、悪くなかったな。家康《いえやす》のあのようによろこぶ顔を見たのははじめてだ」

上層階《じょうそうかい》のきらびやかな部屋に、信長《のぶなが》と光秀《みつひで》はいた。見たこともない豪華《ごうか》な南蛮風《なんばんふう》の腰《こし》かけにすわる信長は、さっきとは別人のようにおだやかな表情《ひょうじょう》をうかべている。その前で、静かにひざをついている光秀。

さらに暴力《ぼうりょく》を加えられているのではと心配していた涼音は、天井裏《てんじょううら》に忍《しの》びこんでいた。

「おそれながら、それならなぜあのようなことを？」

怒《おこ》っている様子でもない。光秀の問いは、単純《たんじゅん》に理由をきいているものだった。

「奥方《おくがた》に、毒がもられたそうだな」

質問《しつもん》にはこたえず、信長は手にした球状《きゅうじょう》の物体をながめながらいった。

「……殿《との》のお耳にも入っておりましたか」

「おぬしは、家中《かちゅう》できらわれておる。新参者《しんざんもの》のくせにこの信長《のぶなが》にとりいって、出世したことをねたむ者がおるのだろう」

「それで、わざと家中のみなさまの前で、あんなふるまいを？」

光秀《みつひで》の視線《しせん》が、信長の端正《たんせい》な顔に注がれる。その真意をさぐるかのように。

「わしは天下統一《てんかとういつ》のため、役に立つ者をそばにおきたいだけだ。奥方《おくがた》が心配なら、このまま死んだことにしておくのも手だな」

信長は、白く細長い指で球体をくるくると回しながらそういった。

光秀のくちびるがほんの少しゆるむ。

信長は、ほかの家臣から光秀がこれ以上ねたまれないように、わざと人前で悪《あ》しざまにののしったのか。ふたりのなごやかな様子に、涼音《すずね》はほっと胸《むね》をなでおろした。

「白飯《しろめし》に、毒がもられました」

低く感情《かんじょう》のこもらない声で、光秀が報告《ほうこく》した。

「それも、この光秀を失脚《しっきゃく》させようとたくらむ者のしわざでしょうか」

「さあな。家康《いえやす》をねらったのか、この信長をねらったのか……」

そういう信長《のぶなが》の表情《ひょうじょう》はかわらないように見えた。自分の命がねらわれたかもしれないというのに。

涼音《すずね》の脳裏《のうり》に、大きなからだの男のうしろすがたがよみがえる。気配を消して背後《はいご》に立たれたときの動揺《どうよう》……。信長は、料理にはほとんど口をつけずに、盃《さかずき》を口に運んでいた。もしかしたら、信長が弥助《やすけ》に毒を入れさせたのではないか。

涼音は、手のひらにじっとりと汗《あせ》をかいた。

「ともかく、おぬしの家中《かちゅう》には鼻のきく者がいて、助かったな」

涼しい顔をして、信長はいった。

「はっ」

「ところで……」

信長のするどいまなざしが、まっすぐに光秀《みつひで》に向けられた。

「べつにやってもらいたいことがあるというのは、ほんとうのことだ。京を出発し、西に行ってもらいたい」

「西に？」

「ああ。今、サルが毛利《もうり》を攻《せ》めているが、なかなからちがあかない。この信長に援軍《えんぐん》を求めてきた。わしもあとから行くつもりだが、先立ってもらいたいのだ」

「羽柴秀吉殿《はしばひでよしどの》の援軍《えんぐん》ですか」

京の西、備中《びっちゅう》（岡山《おかやま》）高松城《たかまつじょう》の毛利《もうり》を、羽柴秀吉が攻《せ》めている最中だ。秀吉は、貧《まず》しい家に生まれながら、信長《のぶなが》に重用《ちょうよう》され、光秀《みつひで》とならぶ実力者になっているときく。

「おぬしに、そのまま出雲《いずも》、石見《いわみ》（島根）の二国をあたえる。二国を制圧《せいあつ》したあとは、畿内《きない》からそちらへうつればいい」

「……坂本《さかもと》城をゆずれということですか」

光秀は、信長の言葉に目を見開いた。光秀は、京や安土《あづち》にも近い畿内の要所をおさえている。中国地方にうつるということは、左遷《させん》のように思えた。今、淑子《よしこ》たちがいる坂本城も手放し、信頼《しんらい》関係をきずいている領民《りょうみん》とも別れることになる。

「おぬしには、ふたりの男子がいたな。まだ、元服《げんぷく》前ときいたが……」

「はい。十二と九つになります」

「一人前になるには、まだ時間がいるだろう。ふたりに国を任《まか》せるようになるまでに、二つの国を制圧し、父が新たな国づくりをするところを、息子たちに見せるのがよかろう」

「国づくりを？」

「おぬしは、領民《りょうみん》に好かれているときく。いい領主《りょうしゅ》のあかしだ。それは、一朝にしてできたものではあるまい。領民と信頼関係《しんらいかんけい》をきずき、いかにして豊《ゆた》かな国をつくるか。それを、息子たちに見せてやればよい」

「殿《との》。……息子たちふたりのことを考え、二国をとご配慮《はいりょ》いただくとは……」

たたみに手をつけ、低頭した光秀《みつひで》の肩《かた》がゆれている。

京に近い重要な地を光秀が治めているかぎり、家臣たちの光秀に対する風当たりが強くなる一方だ。光秀が年老いて動けなくなったとき、若君《わかぎみ》たちが一人前になっていなければ、そこはすぐにだれかにねらわれる。

「おぬしは、戦上手《いくさ》だが、戦好きではあるまい。そこがサルとはちがう。今まで戦いたくない相手にも、天下統一《てんかとういつ》のためによくやってくれた」

信長《のぶなが》の声にねぎらいの情《じょう》がまざる。

光秀は今までの戦いの中で、多くの城《しろ》を落とし、残酷《ざんこく》なまでに女子どもの命までもうばったこともある。すべては、信長の下で働くことが、天下を統一し、戦のない世の中になる近道と思っていたからだ。

「まあ、敵《てき》もすんなりはゆずるまい。まずは、二国を落とすことだ」

「はっ。最後《さいご》の戦いのつもりで、命をかける所存《しょぞん》にございます」

光秀《みつひで》の声に力がこもる。

信長《のぶなが》は、光秀の性格《せいかく》を理解《りかい》し、その気持ちをおもんばかっている。その上で、光秀を信頼《しんらい》しているのだ。

涼音《すずね》は、胸《むね》をなでおろした。淑子《よしこ》の心配は杞憂《きゆう》におわりそうだ。

「戦《いくさ》に発《た》つ前に、ひとつたのみがある」

信長が前かがみになり、光秀に近づいた。

「家康《いえやす》を討《う》て！」

「な……」

小さく、それでいてきびしくいいわたされた言葉に、光秀は絶句《ぜっく》した。

「なぜでございましょう。家康殿《どの》は、武田《たけだ》攻《ぜ》めの功労者。それゆえ、今日のもてなしとなったのではないのですか」

「あいつは、本心が読めぬ男よ」

「そうでしょうか。お人柄《ひとがら》もよく、なによりも織田《おだ》に忠誠《ちゅうせい》をちかっておいでです。今日あらためてお会いし、腰《こし》をすえて話した上でそう感じました」

光秀《みつひで》は、熱っぽく反論《はんろん》した。

光秀と家康《いえやす》はふたりきりで話ができたのだろう。うたげの最中に目と目を見あわせ、親しげに笑いあった様子を思いだし、涼音《すずね》はそう思った。

若《わか》いころに苦労を重ね、亡《な》くなったひとりの女性《じょせい》を想いつづけている。そして、まわりにいる人からもしたわれる。そんな共通点の多いふたりが、じっくりと話しあえば気をゆるすのに、時間はかからないだろう。

「それに……」

光秀がいうべきか迷《まよ》っているように、視線《しせん》をさまよわせた。

「……徳川殿《とくがわどの》は、織田《おだ》への忠義《ちゅうぎ》をしめすために、ご正室と嫡男《ちゃくなん》の命をうばうほどの男でございます」

「だからだ」

つらそうに口にした光秀に、信長《のぶなが》は冷酷《れいこく》にいいはなった。

「みずからが武田《たけだ》に内通しておきながら、それが発覚しそうになると、できのいい息子と、最愛の妻《つま》に罪《つみ》をおしつけられるほどのたぬきおやじだ」

「殿《との》。それは、いいすぎでございます！」

真正面から、光秀《みつひで》は信長《のぶなが》に対峙《たいじ》した。真剣《しんけん》な光秀の顔を見て、信長はさみしそうに目をそらした。

「あいつは油断《ゆだん》ならぬ。一日で、光秀を味方にするような話術《わじゅつ》をもっている。わが家中《かちゅう》にとりいり、いつわしの寝首《ねくび》をかくかもしれぬ」

「それは……、しかし……」

「いいか。家康《いえやす》の首をとるのだ。これは命令だ」

立ちあがり、光秀をにらみつけながら、信長はいった。

「……はっ」

光秀は、頭を下げた。その表情《ひょうじょう》は、涼音《すずね》には見えなかった。

光秀が、家康を討《う》つ……。思ってもいなかった展開《てんかい》に、涼音は混乱《こんらん》する。信長と家康は同盟国《どうめいこく》で、味方ではなかったのか。

しかし、そうではないとおたがいにわかっていたとしたら、家康は自分の身の危険《きけん》を感じて、光秀に会いたいと思ったのかもしれない。だから、わざわざ風斗《ふうと》を使いによこしたのではないか。

涼音《すずね》は、ごくりとつばをのみこんだ。

「この地球儀《ちきゅうぎ》を見よ」

信長《のぶなが》が、手にしている球体を回しながらいった。

「世界は、このように広い。それなのに、この日《ひ》の本《もと》の国《くに》はこんなにも小さいのだ」

信長が指ししめす先は、地球儀とよばれた球体の小さな赤い点をしめしている。

「この国の天下が太平をとりもどすには、あとわずかだ。そのために働いてくれるな？」

「はっ！　この光秀《みつひで》、殿《との》の天下統一《てんかとういつ》のためなら、どんな苦難《くなん》でものりこえる所存《しょぞん》にございます」

信長が、光秀に問いかける声はやさしかった。光秀には、すでに迷《まよ》いはないように思えた。

「なあに、それほどむずかしいことではない。わしが、本能寺《ほんのうじ》に家康《いえやす》をおびきよせる。おぬしは、サルの援軍《えんぐん》に行くと見せかけ、ひきかえして攻《せ》めいるだけでいい。家康には数人の家来がつきそうのみ。容易《ようい》なことだ。よいな」

「はっ！」

光秀が、ふたたび頭を下げた。信長は、その様子を満足そうに見下ろす。

「光秀《みつひで》、わしは、この国を統一《とういつ》したあかつきには、大陸をめざそうと思う」

「は……？　大陸、にございますか？」

顔を上げた光秀は、一瞬《いっしゅん》のぬけたような顔をして、信長《のぶなが》の顔を見つめた。

「朝鮮《ちょうせん》を攻《せ》め、明《みん》（中国）を我《わ》が手《て》にする」

信長は、うっとりとした表情《ひょうじょう》で、地球儀《ちきゅうぎ》をながめた。

「お、おそれながら……、天下が太平になったとしても、それでは戦《いくさ》はおわらないではありませぬか！　この国から戦をなくすために、この光秀は、戦う覚悟《かくご》を決めたのでございます！」

光秀が、くってかかったような口調でいった。

「安心するがよい。この国での戦はおわりだ。わしも、どこまで見とどけられるかわからぬ。しかし、息子たちの代になれば、織田《おだ》のいきおいは、朝鮮から大陸へとのびていくであろうよ」

「しかし、それでは！　息子たちは、われらよりももっと過酷《かこく》な戦場に身を投じることになりましょうぞ！」

しぼりだすように、光秀は主君にうったえた。たたみに手をつけたまま、一歩前ににじりよる。

「光秀《みつひで》。栄華《えいが》を治めた平家《へいけ》一族は、なぜほろびたかわかるか？」

信長《のぶなが》が静かに光秀を見すえる。光秀はその真意をさぐるようにその顔を見返した。にらみあうかたちになったふたりを、涼音《すずね》はかたずをのんで見まもった。

「戦いをやめたからだ。そして、武士《ぶし》だというのに、貴族《きぞく》のまねをした。それで、どうなった。ふたたび各地で戦《いくさ》がおこり、結局平家はほろぼされてしまった。国を治めるのに必要なのは、新たな戦だ」

「…………」

光秀の肩《かた》がかすかにふるえていた。怒《いか》りになのか、恐怖《きょうふ》になのか、あまりにも壮大《そうだい》な話におどろいているのか、涼音にはわかりかねた。

「ここだけの話にしておく。おぬしを信頼《しんらい》しているからこそ、本音をいったまでだ。まずは、一刻《いっこく》も早く天下を統一《とういつ》する。そのためには、徳川《とくがわ》が邪魔《じゃま》だ」

信長は、ゆっくりと光秀のそばでひざをつき、耳もとでささやいた。

「徳川を討《う》て。よいな」

「……はっ」

光秀《みつひで》は、たたみにひたいがつくほどのいきおいで、頭を下げた。

「たよりにしておる」

信長《のぶなが》は満足そうにうなずいて、立ちあがった。その瞬間《しゅんかん》、天井《てんじょう》のすみのあたりに流し目をよこした。信長のひとみには、深い闇《やみ》があった。その中に、ひとつかがやきをはなつ炎《ほのお》のような光。……目があうかたちになった涼音《すずね》は、ぞっとして息をのんだ。

信長は、くちびるをゆるめて部屋を出ていった。

あとに残された光秀は、長いあいだ頭をふしたままでいた。信長が出ていったあと、この部屋のときがとまったかのように、静まりかえっている。

「涼音」

ふいに名をよばれた。

すきまから下をのぞくと、光秀が立ちあがって天井を見上げている。

「……お気づきでしたか。殿《との》のことが心配で、……もうしわけありません」

涼音は、音を立てないように天井板を外し、そっと下にとびおりた。

「涼音の主《あるじ》は、わしではなく淑子《よしこ》だ。おおかた淑子になにかいわれたのだろう」

怒《おこ》っているふうでもなく、いつものおだやかな顔だ。

「もうするでないぞ。殿《との》も知っていたはずだ」

「織田《おだ》さまが……？」

一瞬《いっしゅん》、こっちに視線《しせん》をよこした。その後かわった様子がなかったから、気づいていないものと思っていた。

「忍《しの》んでいたのが、わしの手の者ということもわかっておられたのだろう。そうでなければ、ほうっておくはずはない」

さあっと、血の気がひいた。

「こわい方なのですね。織田さまは……」

「こわいか。……今までの慣例《かんれい》や常識《じょうしき》にとらわれず、信じた道を歩む強さをおもちの方だ。ふつうではついていけないところがこわいかもしれんな」

「殿も、ふつうではないということですか？」

「そうだな」

光秀《みつひで》は、くちびるのはしだけに笑みをうかべた。

「この方についていけば、夢《ゆめ》を現実《げんじつ》にできると、そう信じていたのだが……。わしの想像《そうぞう》をはるかにこえた方だったのかもしれぬ……」

ひとり言《ごと》のように、光秀《みつひで》はつぶやいた。

信長《のぶなが》の出ていった先を、光秀は遠くを見るように見つめた。その先に見えているのは、若君《わかぎみ》たちとともにむかえる新しい国づくりなのか。

「接待《せったい》のお役ご免《めん》だ。坂本城《さかもとじょう》に帰るとするか。淑子《よしこ》もまっておるだろう」

「……戦《いくさ》の準備《じゅんび》ですか？」

「うぬ」

短くこたえた光秀の反応《はんのう》は、肯定《こうてい》のようにも、うなっているだけのようにもきこえた。

光秀は、それっきりなにも話すことなく部屋を出ていった。

第六章　キリサク手裏剣《しゅりけん》

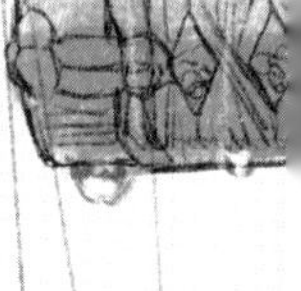

「雨が降《ふ》るのう……」

針《はり》のような細かい雨が降りつづいている。淑子《よしこ》のひざ枕《まくら》で、中庭の雨を見つつ、光《みつ》秀《ひで》はつぶやいた。

坂本城《さかもとじょう》に帰って三日目、光秀はどこに出かけることもなく、妻《つま》や息子たちとゆっくりとした時間をすごしていた。

「雨が降るので、出かけないのですか？」

「わしが城《しろ》にいるのが、そんなにめずらしいか」

淑子の問いに、光秀がすねたような顔をする。

「ええ。……だから、雨がやまないのかもしれませんね」

淑子は、ふふふと笑ってつづけた。

「たまには、いいですよね。こんな日があっても……」

家臣たちが援軍《えんぐん》の準備《じゅんび》をしていることは、淑子も知っている。いつもならばだれよりもはりきって、準備に余念《よねん》のない光秀が、こんなにものんびりとした時間をすごしているこ とが、ふしぎなのかもしれない。

『家康《いえやす》を討《う》て』

となりの部屋でふたりの様子をうかがいながら、涼音《すずね》は信長《のぶなが》の言葉を思いだして気が重くなった。

家康は、わずかな手勢をつれているのみだ。伊賀者《いがもの》がつきそっているだろうが、大軍におそわれては逃《のが》れようもない。

光秀《みつひで》にとって、家康の首をとることはむずかしいことではない。そう思うのに、涼音のゆううつは晴れなかった。

「こんな雨の日だったかな……。はじめて会ったのは……」

「姉とですか？」

「そなたもいただろう。同じ場所に……。桜色《さくらいろ》の着物を着ていた」

「……おぼえていらっしゃったのですか？」

淑子《よしこ》の目じりが下がり、ほおがゆるんだ。

「つらい思いをさせたであろうな」

「わたしが、ですか？」

光秀の問いに、淑子は笑った。

「少しも、つらいことはありません。姉のことが、大好きでした。それから、姉のことをだれよりも大切にしてくださる殿《との》のことも……」

「だが、それでは……」

「わたしは、一番でなくてもいいのです。二番目でいることが、心地いいのですよ」

淑子《よしこ》はそういってほほえんだ。光秀《みつひで》はなにか一瞬《いっしゅん》考えこむような表情《ひょうじょう》をして、中庭に目をうつした。

雨がしとしとと降《ふ》っている。

「……わしも、そう思っていた。頂点《ちょうてん》に立たずとも、おのれのつくりたい世を実現《じつげん》させればよいと。……しかし、そうもいっていられないのかもしれぬ」

「……殿?」

思いがけず、光秀のつぶやきが深刻《しんこく》な色をもち、淑子が光秀の顔をのぞきこんだ。

「いや、なんでもない。……それにしても、よく降るな」

「殿が出かけないのなら、ずっと降っていてもいいですよ」

「雨の降りつづける世か……」

光秀はひとり言《ごと》のようにいって、ほおをゆるめた。

雨が上がると、光秀《みつひで》はいそがしく戦《いくさ》の準備《じゅんび》をはじめた。

いよいよ戦に向けて出立《しゅったつ》の朝、その日は、朝から初夏の日差しが降《ふ》りそそぐからりと暑い陽気だった。

「それでは、まいる」

パチンとせんすを閉《と》じ、光秀はふところへしまった。

「殿《との》、決して無理をなさいませぬよう」

「わかっておる。淑子《よしこ》、たがいに年をとった。そなたもからだには気をつけるのだぞ」

「はい」

夫婦《ふうふ》はおだやかに、別れのときをすごした。

「行ってらっしゃいませ。父上」

「ご武運《ぶうん》をおいのりしております」

かしこまって一人前の武士《ぶし》のように頭を下げる兄弟に、光秀は目を細める。

「主不在《あるじふざい》の城《しろ》を、まもるのはおまえたちだ。留守《るす》をたのむぞ」

「はい！」

目はやさしいが、きびしい口調であとをたのまれ、兄弟は胸《むね》をはってこたえる。

「よし！」

凛々《りり》しいよろいかぶとに身を包んだ光秀《みつひで》は、満足そうにほほえみ、力強い手でがしがしとふたりの頭をなでた。

光秀に、かわったところはないように思えた。いつものようにおだやかに、光秀は発《た》った。


数日後、早朝のすんだ冷たい空気を矢が切りさいた。ヒュルルルンと音を立てて。的の真ん中に命中した矢を見て、乙寿丸《おとじゅまる》が満面の笑みでふりかえった。

「おみごとです」

涼音《すずね》は、ひとつひとつの言葉をゆっくりとくちびるであらわした。ほとんど声は出なかったが、乙寿丸は目で読みとったのか、にっこりとうなずく。

十五郎《じゅうごろう》に負けないように秘密《ひみつ》の特訓をしたいといいだしたのは、乙寿丸だった。ほかの人に見つからないように、屋敷《やしき》の物置のかげに的をもってきて、ふたりで訓練をする。練習の成果なのか、涼音の助言をすなおにきこうとする乙寿丸の姿勢《しせい》のせいなのか、うで前はぐんぐんと上達した。

「そろそろやめにしましょう。みながおきだします」

「ああ。もう一回だけ」

乙寿丸《おとじゅまる》が、きりきりと矢をかまえる。

そのとき、バタバタと羽音がきこえた。涼音《すずね》は思わず空を見上げた。

東の空が明るくなって、朱色《あかねいろ》にそまる。西には青むらさきの夜の気配が残る。その中間に、どっちにもそまらない白い空が広がっている。

純白《じゅんぱく》をよごすように、黒いつばさが見えた気がした。

「あっ！」

乙寿丸が短く声を上げた。ほおをおさえて、しゃがみこむ。

「だいじょうぶですか？」

涼音は乙寿丸にかけよった。弓の弦《つる》が切れ、白いほおにひとすじ赤く線がにじんでいる。

「血が……」

「大事ない。それよりも……」

乙寿丸《おとじゅまる》は、心配そうなひとみを弦《つる》の切れた弓に向けた。不吉《ふきつ》だ。黒い影《かげ》に見まもられているような気がして、涼音《すずね》は身ぶるいした。

「訓練をしすぎたようですね。ここまでにして、あとでじいやさまに直していただきましょう」

一瞬《いっしゅん》よぎった不吉な予感をかくすように、涼音は明るくいって立ちあがる。

乙寿丸がうなずいて立ちあがろうとして、空を見上げた。バタバタとつばさのはためく音がきこえた。小隼《こはや》がここにいる。

涼音は、首にかけてあるひもをひっぱった。その先に風斗《ふうと》にもらった笛がついている。思いきり吹《ふ》いても、音は出ない。

けれど、おさななじみと同じ名の鷹《たか》が、大きな羽をはためかせておりてきた。

「わあっ！」

乙寿丸がおどろいた声を上げる。

小隼は迷《まよ》わずに、涼音のかまえた左うでにおりたった。その足には、文《ふみ》がしばりつけてある。

「ありがとう。小隼。ごくろうさま」

片手《かたて》で文《ふみ》をほどき、小隼《こはや》に礼をいった。かしこい鷹《たか》は、じっと涼音《すずね》の顔を見て、次の瞬間《しゅんかん》、バタバタと音を立ててとびたった。

「今のは、なんだ？」

乙寿丸《おとじゅまる》が、西の空にとけていく小隼を見送りながらつぶやいた。

「昔の仲間からの文を運んできてくれたのです」

糸のように細くねじられた文を、涼音はもとの紙にもどそうとした。はやる気持ちをおさえるが、うまく指は動いてくれない。

『あけちぐんほんのうじにて』

やっと読めた文の上部には、そのように書いてあった。

やはり、光秀《みつひで》は行動にうつしたのだ。信長《のぶなが》の命令にしたがい、本能寺《ほんのうじ》にひきかえし、家康《いえやす》を討《う》ったのか。焼きみそをぬっただけの玄米《げんまい》をおいしそうにほおばる、人のよさそうな男の顔を思いだした。

けれど、そのあとにつづく文に、涼音は目を疑《うたが》った。

「のぶながをうつ」

涼音のつぶやきに、乙寿丸がまっすぐな目を向ける。

「しきゅうにげよ」

――明智軍《あけちぐん》、本能寺《ほんのうじ》にて信長《のぶなが》を討《う》つ、至急逃《しきゅうに》げよ。

何度見直しても、文《ふみ》にはそう書いてあった。

乙寿丸《おとじゅまる》が文をのぞきこむ。仲間しか読めない忍《しの》び文字《もじ》を、涼音《すずね》は慎重《しんちょう》に目で追った。

『明智軍、本能寺にて信長を討つ、至急逃げよ』

どうして、光秀《みつひで》が信長を討ったのか。意味がわからなかった。

『信長を殺《や》れるのは明智だけだ』

風斗《ふうと》のいった言葉を思いだした。信長は、信頼《しんらい》していた光秀が自分を裏切《うらぎ》ることなど考えもしなかっただろう。

くるりと空が回った気がする。

「涼音。どうしたのだ」

乙寿丸が、涼音のうでをつかんだ。思いがけない強い力に、涼音ははっとする。

「奥方《おくがた》さまに、お知らせを……」

涼音《すずね》はかけだした。

東の空が勢力《せいりょく》をまして、すっかりと朝の空になっていた。

天正《てんしょう》十年六月二日未明、毛利《もうり》と戦う羽柴秀吉《はしばひでよし》の援軍《えんぐん》として出立《しゅったつ》した明智光秀《あけちみつひで》は、きゅうきょ京へひきかえした。

『敵《てき》は、本能寺《ほんのうじ》にあり！』

光秀がほんとうにそういったのか。それをきいていた家臣がどのくらいいたのかわからないが、明智《あけち》軍の兵の多くは、本能寺で討《う》つ敵は、徳川家康《とくがわいえやす》だと思って疑《うたが》わなかったという。

しかし、焼けおちる本能寺とともに命を落としたのは、天下統一《てんかとういつ》目前の織田信長《おだのぶなが》だった。

坂本城《さかもとじょう》の門はかたく閉《と》ざされた。その一室に、沈痛《ちんつう》な表情《ひょうじょう》をした淑子《よしこ》がいた。髪《かみ》をひとつにしばり、白いはちまきをひたいにまく。豪華《ごうか》なうちかけではなく、簡《かん》素《そ》な着物に着がえ、たすきがけをして、そのわきには長刀《なぎなた》をたずさえる。

主《あるじ》のいない城《しろ》をまもるのは、女だ。淑子の凜《りん》とした表情で、その決意が伝わる。

数日前に、光秀《みつひで》が信長《のぶなが》を討《う》ったとの一報《いっぽう》が入ってから、次々に早馬《はやうま》が文《ふみ》をたずさえてくる。

光秀は、信長と、二条城《にじょうじょう》にいた息子の信忠《のぶただ》を討つことに成功した。羽柴秀吉《はしばひでよし》や柴田勝家《しばたかついえ》など、信長の有力な家臣たちは、それぞれ備中《びっちゅう》（岡山《おかやま》）、越後《えちご》（新潟《にいがた》）を攻《せ》め、遠方にいた。それらの軍がもどる前に、近畿《きんき》にいる大名《だいみょう》たちを仲間にひきいれる必要があった。

しかし、思うように味方になる者が集まらなかった。本能寺《ほんのうじ》とともに焼けたせいで、信長の首は見つからない。信長は生きているかもしれないという不安が、明智《あけち》の味方をすることを思いとどまらせたのだろうか。

そうこうしているうちに、毛利《もうり》と戦っていたはずの羽柴秀吉が、兵をひきいてもどってきた。秀吉軍の数はふくれあがり、明智軍を上回る。

天王山《てんのうざん》付近でにらみあう両軍。万が一明智軍が敗れることがあれば、秀吉軍はすぐに坂本《さかもと》城にもやってくるだろう。

「涼音《すずね》」

文机《ふみづくえ》で文をしたためていた淑子《よしこ》は、和紙を折りたたみながら名をよんだ。

「はい」

「これを、お玉《たま》にとどけてほしいの」

「お玉さまに？」

こくりと淑子《よしこ》はうなずいた。こんな状況《じょうきょう》でもとりみだす様子もない。いつものおだやかな顔だった。

お玉の嫁《とつ》ぎ先《さき》である細川忠興《ほそかわただおき》は、のらりくらりと返事をかわし、いまだに明智《あけち》の味方になると表明していない。お玉を通じて細川に援軍《えんぐん》を送るようねがいでるつもりなのだろう。

責任重大《せきにんじゅうだい》の役だと、涼音《すずね》はごくりとつばをのみこむ。

「もうひとつ、大切な役目をたのみたいのです」

淑子は、まっすぐに涼音を見つめた。

「乙寿丸《おとじゅまる》を、お玉のところに送りとどけてもらいたいのです」

「乙寿丸さまを？」

涼音は思わずききかえした。

淑子は目じりをほんの少し下げ、ほほえんだように見えた。

侍女《じじょ》につれられて、女のすがたの乙寿丸《おとじゅまる》があらわれた。布《ぬの》を頭からかぶり、白いほおが見えかくれするそのさまは、かわいらしい女の子に見えた。

「乙寿丸さまだけですか？　十五郎《じゅうごろう》さまは……？」

「十五郎は、明智《あけち》の男子として、城《しろ》の行く末を見とどけなければなりませぬ」

「城の行く末……？」

それは、城と命をともにするということだろうか。ほほえみさえうかべ静かに語る淑子《よしこ》を、涼音《すずね》は納得《なっとく》の行かない思いで見つめた。

「義母上《ははうえ》。乙寿丸も、いっしょに戦いとうございます」

乙寿丸が、淑子の前にかけよってひざをついた。

「剣《けん》も弓も、兄上と同じように上達しました。涼音と特訓したのです。義母上にもごらんにいれましょう。敵《てき》をやっつけるのです」

「いいえ。……乙寿丸には、殿《との》の血と、思いを後の世につないでもらいたいのです」

淑子はやわらかく笑って、乙寿丸の手をとった。

「……つらい役目となるでしょう。もしかしたら、十五郎よりも苦しい道のりかもしれません。でも、乙寿丸なら、やりとげてくれると信じています」

「義母上《ははうえ》……」

乙寿丸《おとじゅまる》の目がうるんだ。

「涼音《すずね》。乙寿丸をお玉《たま》のもとまでつれていってもらえますか」

「でも……」

涼音は首を横にふった。

このまま城《しろ》を出たら、もう二度と会えなくなるかもしれない予感があった。この方のおそばに最後《さいご》まで仕《つか》えていたい。その思いが、うなずくのをためらわせる。

「涼音にたのみたいのです。あなたなら、だいじょうぶな気がするのです。わたしのわがままをきいてもらえますか」

「でも、奥方《おくがた》さまは……」

つぶやく涼音の声がかすれた。

淑子《よしこ》のまゆがぴくりと動いた。そして、真顔になって涼音の手をとる。

「殿《との》に伝えてほしいのです。わたしは、西教寺《さいきょうじ》に行きます。そこで、殿のおこしをまっています、と」

「西教寺、ですね」

坂本城《さかもとじょう》からそう遠くない寺の名だった。淑子《よしこ》がたのめば、きっとかくまってくれる。

「かならず伝えます！」

淑子のほっそりとした手のひらをにぎりかえした。

生きて、ふたたび会う。

そのために旅立つのだ。涼音《すずね》は、力がみなぎってくるのを感じた。

「涼音」

とつぜん、淑子が涼音のからだをだきしめた。甘《あま》い香《かお》りが鼻をくすぐる。やわらかいぬくもりをほおで感じる。

そのときに、ふと思いだした。こんなふうにだれかにだきしめられたことがある。こんなふうになにかに追いたてられて、身を切りさかれるような思いをしたこと。あれは、母との別れだったのだろうか。

見上げると、すぐ近くに淑子の顔があった。つらそうに顔をしかめ、淑子は目をそらした。

「さあ、急いで。侍女《じじょ》たちを逃《のが》します。そのすきに……」

淑子が、細いからだに似《に》あわないほどの力で、涼音の背中《せなか》をおした。

心細そうにしている乙寿丸《おとじゅまる》と目があう。涼音《すずね》は、こくりとうなずいた。

馬にのるのはひさしぶりだった。乙寿丸をのせ峠道《とうげみち》をこえる。敵兵《てきへい》に見つからずに、細川《ほそかわ》の城《しろ》が見えたときにはほっとした。

「お玉《たま》さまに、奥方《おくがた》さまにつないでください！　母上さまからの文《ふみ》です！」

槍《やり》をかまえたいかつい門番に、涼音はさけんだ。大事にふところにしまっていた文をさしだす。

「なに者だ！」

「母上さまからの文をあずかってまいりました。どうか、お玉さまに……」

「お玉さまは、ここにはおらぬ」

門番は冷たくいいはなち、槍の先を涼音に向けた。

「え？　それではどこに？」

「主君殺しの裏切《うらぎ》り者《もの》の娘《むすめ》など、ここにおいておけぬわ。いずこかにつれていかれて幽閉《ゆうへい》されておるだろうよ」

「裏切り者……？」

涼音《すずね》は耳を疑《うたが》った。ブルルルルと、馬が鳴いて足ぶみをする。

背中《せなか》に、乙寿丸《おとじゅまる》のふるえを感じた。

「明智《あけち》の味方などできるはずはなかろう」

「奥方《おくがた》のせいで、こちらまで疑われたらかなわん」

ふたりの門番は、にがにがしそうな顔でいいあった。

それが細川《ほそかわ》の決断《けつだん》なのだ。光秀《みつひで》の文《ふみ》にこころよい返事をせず、兵も出さないのは、すでに明智を見かぎっているのか。

ぽつりと雨がほおにふれた。

「おや、うしろにのっている子どもは、ほんとうに女か?」

門番のひとりがちらりと涼音のうしろに目を向けた。乙寿丸が涼音の衣をぎゅっとつかむ。

「いないのなら、けっこうです!」

涼音はあわてて、手綱《たづな》をひく。馬の向きをかえ、走りだした。

ぽつりぽつりと雨が顔をたたく。

行くあてはなかった。もっとねばって、お玉《たま》の居場所《いばしょ》をきいたほうがよかったかもしれない。けれど、乙寿丸《おとじゅまる》が光秀《みつひで》の息子だとわかったら、どんなふうに利用されるかわからない。

しばらく走ってふりかえると、門番は追ってこなかった。小娘《こむすめ》ふたりなど気にとめるほどでもないと思ったのか。

雨足が強くなる。仕方なく坂本城《さかもとじょう》にひきかえそうかと、山道をもどりはじめる。

馬がブルルルルっと、鼻を鳴らした。ふたりをのせてずっと朝から走りっぱなしだった。

それに、乙寿丸の様子がおかしい。雨にぬれてからだは冷えているはずなのに、背《せ》中《なか》にふれるひたいは、火のように熱い。

「乙寿丸さま。あの木の下で休みましょう」

涼音《すずね》は、森の中の大きなけやきの木を指さした。太い幹《みき》のくぼみに入れば、雨風はふせげそうだった。

かわいた根っこに乙寿丸をすわらせ、馬を木の枝《えだ》につないだ。

「水をのみますか」

こくりとうなずく乙寿丸の顔が青白く見えた。竹筒《たけづつ》の水を弱々しく口にふくむ乙寿《おとじゅ》丸《まる》のひたいにそっとふれると、おどろくほど熱かった。

「乙寿丸《おとじゅまる》さま、熱が……」

「……大事ない」

乙寿丸が荒《あら》い息でつぶやいた。無理をして、強がっている。そんなふうにさせているのは、自分の非力《ひりき》のせいだと、涼音《すずね》はくちびるをかんだ。

「たよりなくて、すまぬな。こんなときに……」

竹筒《たけづつ》を返しながら、乙寿丸は幹《みき》によりかかった。

「馬も走りつづけてつかれています。ここで雨がやむのをまちましょう」

涼音がほほえみかけると、乙寿丸はほっとしたように目をつぶった。

これから、どうすればいいのか。坂本城《さかもとじょう》にひきかえすか。お玉《たま》の居場所《いばしょ》をさがすか。

それとも、ほかにたよれる方がいるだろうか。

於長《おちょう》はどうしているのだろうか。舌足《したた》らずのかわいらしい声で『すずね』とよぶ声。

思いがけない力でだきついてきたぬくもりを思いだす。

母上のお玉といっしょにつれていかれたのだろうか。それとも、まだ父上とともに城《しろ》の中にいるのか。

乙寿丸《おとじゅまる》が苦しそうにハアハアと息をする。こんな様子では動くに動けない。雨のやむのをまち、熱が下がらないと……。

くちびるをかみしめ、涼音《すずね》は思いをめぐらす。

「あっ」

涼音は、ふと思いついて首から下げている守《まも》り袋《ぶくろ》をとりだした。風斗《ふうと》がくれた守り袋の中には、毒消しのほかにも、熱さましや腹《はら》くだしの薬が入っている。

「乙寿丸さま。薬です。これをのめば、熱などたちまち下がってしまいます」

不安をかくすように、涼音はわざと明るいもの言いをした。

うす目を開《あ》けた乙寿丸の青白いくちびるに、少しずつ熱さましの薬と、竹筒《たけづつ》の水をのませた。のみおわると、乙寿丸はふうと小さな息をはいた。

「涼音の薬は、医者よりもきくと義母上《ははうえ》がいっていた」

淑子《よしこ》に毒をもられたことは、十五郎《じゅうごろう》と乙寿丸には知らせていない。涼音のもっていた薬がたまたまきいて、よくなったと信じている。

「ええ。昔の仲間に、とても薬にくわしい者がいたのです」

涼音はそういって、首にかかっている守り袋をそっと手にする。

「……涼音《すずね》。それは……？」

乙寿丸《おとじゅまる》がとつぜん目を見はった。手のひらを涼音の前にさしだす。

「これですか？」

首から守《まも》り袋《ぶくろ》をはずし、乙寿丸の手にのせた。しげしげと、乙寿丸は守り袋をながめる。

「これと、同じものを、義母上《ははうえ》がもっていた。大切に肌身《はだみ》はなさず……」

「え？」

「それはなんですかと、一度たずねたことがある……。そしたら、大切なものだと……、娘《むすめ》との思い出の品だと……」

「…………」

「義母上は、明智《あけち》に嫁《とつ》ぐ前に、娘がいたらしいのだ。父親は、織田《おだ》にほろぼされた城《じょう》主《しゅ》で、戦《いくさ》の混乱《こんらん》で行方不明《ゆくえふめい》になったのだという……」

乙寿丸は、思いだすようにそうつぶやいて、守り袋から視線《しせん》を涼音のほうにうつした。

「なぜ、義母上と同じものを、涼音が……？」

乙寿丸《おとじゅまる》と目があい、涼音《すずね》は動揺《どうよう》した。

『涼音。これを、どこで手に入れたのです？』

淑子《よしこ》もまた、この守《まも》り袋《ぶくろ》を見たときに、そうたずねた。とてもおどろいた顔をして。

「……昔の仲間にもらったものなのです」

冷静にこたえようとして、声がふるえた。

『あるなら、いい。大事にもっておけよ』

そっけなく、風斗《ふうと》がいった。伊賀《いが》の里を出るときに、せんべつにくれた品。風斗が告《つ》げたかったのは、中身の毒消しや薬のことではなく、もしかしたら、この守り袋のほうだったのか。

「……そうか。でも、わしは、涼音をはじめて見たときから、ずっと近しい気持ちでいたのだ。……義母上《ははうえ》もそのように思ったから、涼音を近くにおいたのかもしれぬ」

乙寿丸は、守り袋を涼音に返し、静かに目を閉《と》じた。

「……義母上は、なぜわしに『父上の血と思いをつないでほしい』といったのだろうか。わしには、父上がなぜ信長公《のぶながこう》を裏切《うらぎ》ったのか、理解《りかい》できぬ」

太い幹《みき》によりかかり、ひざをかかえた乙寿丸はうつむいた。細い肩《かた》がふるえている。

寒いのか。泣いているのかもしれなかった。

なぐさめるように、ブルルと馬が鼻を鳴らした。乙寿丸《おとじゅまる》に風があたらないように、木の前に立つ。

「乙寿丸さま」

涼音《すずね》は、乙寿丸のとなりに腰《こし》を下ろした。

「殿《との》は、信長公《のぶながこう》に徳川《とくがわ》さまを討《う》つよう命令されていました」

「徳川さまを……？」

乙寿丸が顔を上げた。そのひとみが涙《なみだ》でうるんでいる。

「父上は、信長公に命《めい》じられて、徳川さまの接待役《せったいやく》をつとめられたのではないのか？」

「ええ。……わかりませんが、殿は、徳川さまを助けるために、このようなことをおこしたのかもしれません」

「にわかには、信じられぬが……」

乙寿丸がつぶやいた。

そうだ。信じられない。

光秀《みつひで》は、信長のもっとも信頼《しんらい》する家臣のひとりだった。信長を討ち、命を助けようと思うほど、光秀《みつひで》と家康《いえやす》は、あのうたげの日、心を通わせたのだろうか。

『武将《ぶしょう》としての猛々《たけだけ》しさはないが、この方をなんとか助けたいと思うふしぎな魅力《みりょく》をおもちの方だ』

風斗《ふうと》がそういったように、光秀もその人柄《ひとがら》に魅《み》せられたひとりだったのだろうか。

それとも……。

『信長《のぶなが》を殺《や》れるのは明智《あけち》だけだ』

風斗の言葉を思いだして、涼音《すずね》の心臓《しんぞう》がこおる。

『伊賀《いが》の里をめちゃくちゃにした信長をゆるさない』

これが、仲間の復讐《ふくしゅう》なのだとしたら。

からだがふるえた。寒さのせいだけではない。

『明智《あけち》軍、本能寺《ほんのうじ》にて信長を討《う》つ、至急逃《しきゅうに》げよ』

その知らせは、明智軍の早馬《はやうま》よりもずいぶんと早かった。『至急逃げよ』と知らせた者は、明智がこのような局面に立たされることを、早くから予想していたのではないか。

知りたい。光秀がなぜ信長を討ったのかを。仲間がどういうふうにかかわっていたのかを。

涼音《すずね》は、風斗《ふうと》からもらった笛を力いっぱい吹《ふ》いた。


小隼《こはや》のつばさの音がきこえた気がした。

少しうとうとしていたらしい。気がつくと、雨はやんでいた。深い森の静寂《せいじゃく》に鳥の羽音がひびく。

「小隼！」

肩《かた》によりかかって眠《ねむ》る乙寿丸《おとじゅまる》をおこさぬよう、小声で涼音はよびかけた。

鷹《たか》は、はずむように木の根もとにおりたった。わずかに距離《きょり》をおいて、こっちをうかがうような目を向ける。馬がちらりと鷹に視線《しせん》をやり、ふたたび目を閉《と》じた。

「小隼、この近くにだれかいるの？」

言葉が通じるはずもないのに、思わず口にしていた。少なくとも笛の音がとどく範《はん》囲《い》に、小隼をあやつる仲間がいるはずだ。

小隼が首をかしげる。知らないというふうにも、うなずいたようにも見える。

なにかの気配を感じたのか、ブルッと馬が鼻息を荒《あら》くした。

「おそかったじゃねえか」

霧《きり》の向こうから、三人の男が近づいてきた。笠《かさ》をかぶり、質素《しっそ》なはかまをはいている。すがたは地侍風《じざむらいふう》だが、忍《しの》びだ。さっきまで、完全に気配を消していた。

「早く逃《に》げろと教えてやったはずだぜ」

先頭を歩いていた男が、侍女《じじょ》に扮《ふん》した乙寿丸《おとじゅまる》を見てにやりと笑う。

「風斗《ふうと》」

『至急逃《しきゅうに》げよ』と告《つ》げたのは、やはり風斗だったのかと、涼音《すずね》はさとった。

「徳川《とくがわ》さまは、どうされたの？」

信長亡《のぶながな》きあとの京は大混乱《だいこんらん》だという。そんな中家康《いえやす》は三十名ほどの家臣がつきそうだけだ。落《お》ち武者狩《むしゃが》りにねらわれればひとたまりもない。

「柘植《つげ》さまたちにまもられて、伊賀《いが》をこえたさ。今ごろは岡崎《おかざき》まで無事におとどけできただろう」

光秀《みつひで》は信長を討《う》ち、家康の命を助けたことになった。

「徳川さまが殿《との》に会いたがっていたのは、命をねらわれることがわかっていたからなの？」

「さあな。ふたりでなにを話したかなんて、おれらが知るすべもないさ。だが……」

風斗《ふうと》は、乙寿丸《おとじゅまる》の顔をのぞきこんだ。薬がきいたのか、よく眠《ねむ》っている乙寿丸を、涼音《すずね》はかばうようにだきしめた。

「そいつが明智《あけち》の血をひく者だとしたら、助けてやるぜ。明智と徳川《とくがわ》、おたがいに万が一のときには、生きのこった家族を助けるよう、オヤジさまと話はついている。それは、殿《との》もご承知《しょうち》だ」

「オヤジさまが……」

徳川の動きをさぐりに行親《ぎょうしん》が岡崎《おかざき》に向かったのは、家康《いえやす》の接待《せったい》よりも前だ。信長《のぶなが》が、家康を討《う》てと命《めい》じることは、おそらくだれも知るはずはない。けれど、そのころから、家康は身の危険《きけん》を感じていたのだろうか。

「それに、細川《ほそかわ》をたよってもむだだ。親子そろって出家したぜ」

風斗の言葉が胸《むね》をえぐる。

「なんですって。……お玉《たま》さまの旦那《だんな》さまも？」

「ああ。謀反人《むほんにん》の義理《ぎり》の親父とは関係ないと、世の中に弁明《べんめい》したかったんだろう」

「……そんな」

門番に、けんもほろろにことわられたのも理解《りかい》できた。

「……於長《おちょう》さまは、どうしているのかしら」

「於長？　……ああ、子どもは城《しろ》にかくまわれているだろうよ」

胸《むね》がつぶれる思いだった。あのおさなさで母上とひきはなされているなんて、どんなに心細いだろう。

「ついさっき決着がついた。明智《あけち》の負けだ。いっしょに、岡崎《おかざき》に行くか？　そうすれば、涼音《すずね》もそいつも、ひとまずは安心だ」

風斗《ふうと》はそういって、涼音の顔の前に手をさしのべた。

主君信長《のぶなが》を裏切《うらぎ》り、仇討《あだう》ちのためにもどってきた秀吉《ひでよし》軍にやぶれた明智をかばってくれる人は、ほとんどいない。秀吉に対抗《たいこう》でき、明智の息子をかくまってくれる可能性《かのうせい》があるのは、家康《いえやす》だけかもしれない。

坂本城《さかもとじょう》にもどることも、お玉《たま》をたよることもできない今、この手にすがれば、乙寿《おとじゅ》丸《まる》の命を助けられるかもしれない。明智の血をつなぐことができるかもしれない。

それでも、すなおにその手をとることがためらわれた。

「……風斗」

「うん？」

「乙寿丸《おとじゅまる》さまを、徳川《とくがわ》さまのところまでつれていってほしい」

涼音《すずね》は、必死の思いでたのんだ。風斗《ふうと》のまゆがぴくりと動く。

「おまえは？　どうするんだ？」

「……殿《との》のところに行く」

「戦場だぞ。しかも、明智《あけち》軍は、戦《いくさ》にやぶれて逃《に》げている最中だ。羽柴《はしば》軍がかためているし、落《お》ち武者《むしゃ》狩《が》りもわんさかいる」

「わかっている」

「それでも、行くっていうのか？」

「うん」

風斗が、ため息をついた。

涼音は、眠《ねむ》っている乙寿丸をぎゅっとだきしめた。淑子《よしこ》が別れぎわに、涼音をだきしめたように。

『わしは、涼音をはじめて見たときから、ずっと近しい気持ちでいたのだ』

乙寿丸がいった言葉を思いだす。

ずっと近しい気持ちでいた。乙寿丸《おとじゅまる》のことも、淑子《よしこ》のことも、明智《あけち》に仕《つか》えるすべての人のことも。ずっと、この人たちといっしょにいたいと思っていた。

「乙寿丸さまをたのみます」

熱はいくらかひいたようだった。涼音《すずね》がそういって顔を上げると、風斗《ふうと》のうしろにいた男が近より、乙寿丸のからだをかかえた。

乙寿丸のぬくもりがなくなる。涼音は、急に肌寒《はだざむ》く、心細い気持ちになった。


山道を馬がかけぬけていく。

明智軍のいる戦場へつれていってやるという風斗に手綱《たづな》をゆずり、涼音は風斗の背《せ》中《なか》にしがみついた。

はやがけの訓練で、いくつもの山をかけぬけた。暗闇《くらやみ》や、早朝や、極寒の雪の中でも。落ちれば命のない急ながけのわきを全力でかけぬけたこともある。修行《しゅぎょう》の最中に何人もの仲間が命をうしなった。

馬の呼吸《こきゅう》にあわせ、からだをゆだねる。馬力を決してむだにしない風斗の走りは、だれもが一目おくものだった。

『おれは、いつか天下を動かす男になる！』

いつだったか、小隼《こはや》と涼音《すずね》と三人のときに、風斗《ふうと》がとうとつに宣言《せんげん》した。

『天下を動かすのは、武将《ぶしょう》だろう。うんとえらくないと、そんなことできねえ』

そう反論《はんろん》したのは、小隼《こはや》だった。

『その武将たちを手玉にとって、忍《しの》びが天下を動かしたら、おもしろいじゃないか』

風斗はほんとうにゆかいだという顔をしてつづけた。

『忍びは、武将がつかう駒《こま》かもしれねえが、今に、忍びが武将を手のひらの上でころがす時代が来るさ。そうじゃなきゃ、こんなにつらい修行《しゅぎょう》やってられねえや』

『そりゃそうだなあ』

小隼も想像《そうぞう》したのか、くったくなく笑った。

『今に、見てろよ』

それは、風斗の口ぐせだった。苦しいとき、つらいとき、風斗はいつもそういった。

「風斗」

風斗の背中《せなか》のぬくもりを感じると、伊賀《いが》の里での暮《く》らしを思いだす。なつかしい記《き》憶《おく》を追いはらうように、涼音はよびかけた。

「あ？」

「このあいだは、ごめん」

顔が見えない分、すなおに言葉があふれでた。

「なにがだ？」

そっけなく、風斗《ふうと》がききかえした。とぼけているのではなく、ほんとうになんのことかわからないというときの、率直《そっちょく》な問い。

「……毒を入れたのは、風斗だときめつけた」

「おれなら、しくじるようなことはしねえよ」

ふふんと鼻を鳴らして、笑った気配がした。

そうだ。風斗ならしくじらない。どうして気がつかなかったのだろう。

命をねらうなら、もっと強い毒でいっきに片《かた》づける。眠《ねむ》り薬《ぐすり》は、毒に注意するよう遠回しに伝えたかったのだろう。おかげで、光秀《みつひで》をおとしいれようとする敵《てき》の存在《そんざい》を知ることになった。

きゅっと不安で胸《むね》がしめつけられる。

今、明智《あけち》は敵だらけだ。孤立無援《こりつむえん》の中、無事でいてくれるだろうか。

「どこに向かっているの？」

「明智《あけち》の兵は、天王山《てんのうざん》で羽柴秀吉《はしばひでよし》の軍にやぶれ、勝龍寺城《しょうりゅうじじょう》に立てこもっている。けどそこは平城《ひらじろ》で、籠城《ろうじょう》には向いてない。すでに落ちていないといいがな……」

風斗《ふうと》の声に感情《かんじょう》は伝わってこなかった。

「羽柴さまは、備中高松城《びっちゅうたかまつ》にいたはずなのに、どうして……」

本能寺《ほんのうじ》で、織田信長《おだのぶなが》が討《う》たれて、まだそれほどたっていない。

遠くはなれた場所で、敵方《てきがた》の城を落とそうとしているとちゅうの、しかも、援軍《えんぐん》をもとめるほど苦戦したはずの秀吉が、なぜこんなにも早く大軍をひきいて帰ってこられたのだろうか。

「三日もありゃ、走ってこられる距離《きょり》だろう？」

なんでもないことのように、風斗がいった。

「風斗なら、でしょう？」

忍《しの》びの修行《しゅぎょう》をした者であれば、それは可能《かのう》だ。非常食《ひじょうしょく》の兵糧丸《ひょうろうがん》をかじり、何日もいくつもの山をこえて走りつづけることもあった。

しかし、大量の兵を動かすには、それなりの準備《じゅんび》と時間がいる。

「それに、毛利《もうり》と戦っていたはずなのに、急に和睦《わぼく》を結ぶなんて、どうして簡単《かんたん》にできたのかしら？」

「秀吉《ひでよし》の判断《はんだん》の早さは、さすがだな。足軽《あしがる》の身分から織田《おだ》の重臣へとのしあがっただけのことはある」

これからその秀吉がいる戦場に向かっているというのに、風斗《ふうと》はひとごとのような口調だった。

「…………」

それにしても、早すぎる。まるで、信長公《のぶながこう》が亡《な》くなるのを知っていて準備《じゅんび》をしていたんじゃないかとかんぐりたくなる。

光秀《みつひで》が、本能寺《ほんのうじ》にひきかえすことを重臣たちに告《つ》げたのは、その前日の夜だという。娘《むすめ》を嫁《とつ》がせている縁者《えんじゃ》など、信頼《しんらい》のおける重臣ばかり。そのだれもが耳を疑《うたが》ったらしい。

身近にいる家臣にさえ、ぎりぎりのところまで光秀は、信長を裏切《うらぎ》ることをもらさなかった。少しでも情報《じょうほう》がもれて、信長の耳に入れば、身の破滅《はめつ》だとわかっていたからだろう。

「おっと、……あれ、見てみろよ」

風斗《ふうと》は馬の脚《あし》をとめさせ、木々のすきまから見えるがけの下をのぞいた。桔梗《ききょう》の花のかかれた旗をさした足軽《あしがる》がばらばらと逃《に》げている。

「こんな負《ま》け戦《いくさ》、つきあってられぬわ」

「ああ。援軍《えんぐん》が来るといいながら、ちっとも来ぬではないか」

「謀反人《むほんにん》の大将《たいしょう》を助けようとする者などおらぬ」

大将をまもるべき兵が、口々になげきながら逃げていく。

「……どうやら、城《しろ》は落ちたらしいな」

風斗の言葉が冷たくひびいた。

「せっかく謀反人の汚名《おめい》を着てまでとった天下も、三日天下か。天下人になりそこねた男の顔でも見に行くか」

風斗の横顔がゆがんだ。にやりと笑ったように見えた。その笑みの冷たさに、心臓《しんぞう》がこおりつく。

「……風斗」

ふたたび馬を走りだした背中《せなか》によびかけた。

「どうして、徳川《とくがわ》さまといっしょに行かなかったの？」

伊賀《いが》の仲間にまもられて、徳川家康《いえやす》は落ちのびていった。そこに加われば、感謝《かんしゃ》もされ、出世も期待できる。

それでも、風斗《ふうと》がここに残るのには、なにか理由があるのではないか。

「明智《あけち》の一族から助けをもとめられれば、助けてやろうと思ったんじゃねえか」

風斗は鼻で笑った。

たしかに、乙寿丸《おとじゅまる》を救ってくれた。けれど、明智の心配をしているようには見えない。伊賀の里を破壊《はかい》させた織田信長《おだのぶなが》が死に、主君を殺した明智がやぶれた今の状況《じょうきょう》を楽しんでいる。

「……この先は、羽柴《はしば》軍が陣《じん》どっているな」

風斗が、前方の木々のすきまから見える旗印《はたじるし》に舌打《したう》ちした。

「しかたねえ。回り道するか」

手綱《たづな》をひき進路をかえると、獣道《けものみち》に分けいる。

風斗は、少なくとも小隼《こはや》をよぶ笛のきこえる範囲《はんい》にいた。もしかしたら、お玉《たま》の嫁《とつ》ぎ先《さき》である細川《ほそかわ》の動向をさぐっていたのではないか。

お玉《たま》の夫は、光秀《みつひで》がもっとも信頼《しんらい》する武将《ぶしょう》のひとりだ。光秀が信長《のぶなが》を討《う》つことを、秘密裏《ひみつり》に打ちあけたとしてもおかしくない。風斗《ふうと》が細川《ほそかわ》を見はり、情報《じょうほう》を手に入れていたとしたら……。

『おれは、いつか天下を動かす男になる。武将たちを手玉にとって、忍《しの》びが天下を動かしたら、おもしろいじゃないか』

違和感《いわかん》が胸《むね》にひろがる。涼音《すずね》は、ごくりとつばをのみこんだ。

顔を上げて、風斗を見た。ぼさぼさの頭。三年前より広い背中《せなか》。遠くの山を見上げる横顔。ほおについた傷《きず》。……風斗の横顔は、ゆかいでたまらないというふうに笑っていた。

涼音は、忍《しの》び刀《がたな》をとりだした。

このまま風斗を、光秀のところに行かせてはいけない。そんな気がした。

口の中がかわいて、息がかすれる。大きく息をすいこみ、涼音は刀をふりあげた。

「…………！」

風斗の首もとに、刃先《はさき》をつきたてる。

そう思った瞬間《しゅんかん》、風斗のからだがひらりと馬上から消えた。

「あっ！」

馬がヒヒンと鳴きながら、前脚《まえあし》を上げた。ふりおとされた涼音《すずね》は、くるりとからだを反転させてしめった草の上に足からおりた。

手をついて体勢《たいせい》を整えると同時に、鼻先に刃先《はさき》が光るのを見た。すりきれかけたぞうりに、古傷《ふるきず》のある親指。風斗《ふうと》の足が、目の前にある。

「殺気がだだもれなんだよ。だから、忍《しの》びには向いてねえんだ」

なぜ気づいたのかと問う前に、風斗が鼻で笑った。

「風斗。おまえは、なぜ細川《ほそかわ》の屋敷《やしき》を見はっていた？」

刃《やいば》を向けられたままで、いつさされるかわからないというのに、知りたい欲《よく》のほうが強かった。

「見はる？」

風斗の瞳孔《どうこう》が大きく開く。

「見はってなんかいねえ。細川は柘植《つげ》と手を結んだんだよ。このまま裏切《うらぎ》り者《もの》の仲間になって破滅《はめつ》の道に進むのがいいか、秀吉《ひでよし》に恩《おん》を売って生きのびるのがいいかってな」

「なんてことを！」

かっとした涼音《すずね》は、忍《しの》び刀《がたな》で風斗《ふうと》の刀をはじきとばした。そのまま風斗目がけて切りつける。

カキッと火花を散らしぶつかりあう刃《やいば》。衝撃《しょうげき》に吹《ふ》きとばされた涼音は、その反動を利用して後方に回転し、手裏剣《しゅりけん》を投げつけた。心臓《しんぞう》を切りさいたと思った手裏剣は、風斗のもつ忍び刀にはじきかえされた。

「くっ……！」

二度三度と、刃のぶつかる音がひびいた。かるがると涼音の刃先《はさき》をよける風斗は、まるであそんでいるようにひらりひらりとからだを動かした。

風斗は、少しも本気を出していない。それなのに、懸命《けんめい》に戦《たたか》う涼音の刃先は、風斗をとらえることができない。

「……どうして。殿《との》は徳川《とくがわ》さまの命を助けたではないか。信長《のぶなが》を殺す、おまえたち忍びのもくろみは、成功したのだろう。どうして、明智《あけち》のじゃまをする必要がある？」

息が切れ、足がもつれる。どうがんばっても、かなう相手じゃない。いらだちは問いになって、かつての仲間に向けられた。

「簡単《かんたん》に天下を統一《とういつ》されたら、おれたち忍びの仕事がなくなるだろう」

能面《のうめん》のような顔をして、風斗《ふうと》がいいはなった。

「そんな、理由で……？」

「乱世《らんせい》でなければ、おれたちは生きのこれねえ。そのために戦う術《すべ》を身につけてきたんだ」

くらりと、森の木々が回った気がした。胸《むね》がトクトクと音を立てた。怒《いか》りがわきあがってくる。

そんな理由で、光秀《みつひで》が目指していた平和な世の中がかなわなくなるなんて。

「風斗！」

うすら笑いをうかべる風斗に、忍《しの》び刀《がたな》をふりおろす。すかっと空《くう》を切りさき、足がもつれた。そのまま、土の上に手をついた。

心臓《しんぞう》がバクバクと音を立てる。怒りのせいではなく、からだが熱かった。忍び刀をもつ手がふるえ、カラリと音を立てて刀がころがった。

「……毒？」

からだの症状《しょうじょう》にはおぼえがあった。思わず胸をおさえる。からだ中に熱がまわっていく感覚におそわれる。

「やっと気づいたか？　こういうふうにやらなきゃだめなんだよ」

背後《はいご》から、風斗《ふうと》が近づく気配がする。

毒矢だ。小さな筒《つつ》を口にふくみ、毒をぬった小さな針《はり》を敵《てき》に吹《ふ》きとばす。敵は、いつさされたかわからない毒にじょじょにむしばまれて、命を落とす。風斗の得意としている戦法だった。

目がかすんで、意識《いしき》がもうろうとした。涼音《すずね》は、ふところにそっと手を入れた。守《まも》り袋《ぶくろ》がそこにあった。

『これと、同じものを、義母上《ははうえ》がもっていた。大切に肌身《はだみ》はなさず……。大切なものだと……、娘《むすめ》との思い出の品だと』

光秀《みつひで》にもう一度会って、淑子《よしこ》の言葉を伝えたい。

一瞬《いっしゅん》意識をうしない、たおれこんだ衝撃《しょうげき》でまた目をさました。しめった草の香《かお》りが鼻をついた。

どうしても、ふたたび立ちあがらなければならない。

守り袋の中の薬のひとつを口にふくんだ。どれが毒消しか、たしかめる余裕《よゆう》はなかった。いちか、ばちかだった。

涼音《すずね》は、土の上に完全に横たわった。静かに、そのときをまつ。

「これ、まだもっていたのか」

耳もとに、風斗《ふうと》の息がかかった。

うっすらと目を開《あ》ける。風斗の視線《しせん》が、涼音の手の守《まも》り袋《ぶくろ》にそそがれていた。

「はじめて、オヤジさまにつれてこられたときのことをおぼえているか」

風斗の静かに問う声が、かすれていた。涼音は目をつぶり、返事をしなかった。

そのころの記憶《きおく》はほとんどない。母と思われる人にだきしめられた記憶と、荒《あ》れはてた村を泣きながら歩いた記憶があるだけだ。

「おまえは、おれたちが見たこともないきれいな着物を着て、こいつを首に下げていた」

風斗のひと言《こと》に、ああそうかと納得《なっとく》がいった。

記憶の中でだきしめられたうでは、淑子《よしこ》のものだった。はじめて会ったときから、なつかしく親しみがもてたのも、そのせいだ。

「ほかのちびたちが、新参者《しんざんもの》のおまえから、これをとりあげようとするから、おれがもっていてやったんだ」

そして、別れのときに、風斗《ふうと》はこれを返してくれたのか。

風斗の手のひらが、涼音《すずね》の髪《かみ》にふれた。

風斗なりのやさしさだったのかもしれない。だれかにとられないように、なくさないように、大事にもっていてくれた。返すときに、これが涼音の出生の秘密《ひみつ》につながる大切なものだと、教えてくれないところが、風斗らしいけれど。

「おまえが、里をぬけていったのは、おれにとっては不本意だったよ。帰る場所があるおまえがうらやましかった。おれには、なにも残っていない。帰る場所も、仲間も、だれも……」

兄妹のように育った仲間。涼音が毒にうなされていれば、かならず手をさしのべてくれた。伊賀《いが》の里がほろびたあとは、家族のようにすごした仲間は、ほとんどいないのだろう。

「おまえは、同じように修行《しゅぎょう》にたえた仲間だ。……また、もどってこないか」

しぼりだすように、風斗はいった。

涼音の指先がかすかに動く。そこに、かたく冷たいものがあたる。

「まだ、意識《いしき》があるだろう？　うなずけば、助けてやる」

耳にとどく風斗《ふうと》の声は、祈《いの》りのようにひびいた。

つかの間、それもいいかという気持ちがめばえる。

「明智《あけち》はほろびるぜ。おれといっしょに、天下を動かさないか？」

「…………」

天下という言葉をきいて、胸《むね》のなにかが冷えた。

涼音《すずね》は、こくりと、小さくうなずいた。ほっと、風斗の安堵《あんど》のため息がきこえた気がした。

次の瞬間《しゅんかん》、涼音は、落ちていた手裏剣《しゅりけん》をつかんだ。無意識《むいしき》に、からだが動く。指のすきまからつきでた刃《やいば》で、目の前にいる風斗の顔をなでるように切りさいた。

「つっ……！」

うめき声を上げ、風斗が手で顔をおさえた。指のすきまから、鮮血《せんけつ》が流れでる。

「ゆるさない！」

涼音はとびおきて、風斗から間合いをとった。

「涼音……」

風斗が左目をおさえながら、ひざをついた。

「ばかな。殺気を感じなかった……」

「天下なんかに、興味《きょうみ》はない。……おまえの仲間にはならない！」

片目《かため》でにらむ風斗《ふうと》に、涼音《すずね》はいいはなった。

「……おまえたちをゆるさない！　明智《あけち》の敵《てき》は、わたしの敵だ！」

涼音は、きびすを返して走りだした。

はじめて会ったときから、なつかしい気がした。この方のそばにいつまでもお仕《つか》えしたいと、心からねがっていた。

光秀《みつひで》をつれて、淑子《よしこ》のところに帰るのだ。どうかまにあって。

山道をかけあがる。しばらく、走ってうしろをふりかえると、風斗は追いかけてこなかった。


走って行くあいだに、何人もの桔梗《ききょう》の紋《もん》の入った兵にすれちがった。光秀の居所《いどころ》をきくと、逃《に》げてきた兵たちはみな、うしろめたそうにうしろを指さし、『負《ま》け戦《いくさ》につきあってられぬ』と、口々にいった。逃げだすのを正当化するいいわけには耳もかさず、涼音は兵が逃げてきた方向に走った。

「殿《との》！」

走って走って、息もたえだえになったころ、やっと見つけた光秀《みつひで》は、つかれた顔で土の上に正座《せいざ》をしていた。そこにつきそう数人の家臣は、傷《きず》ついてよごれたすがたのまま、涙《なみだ》を流している。

「……涼音《すずね》？　涼音ではないか。どうしてこんなところに……？」

光秀は、ほおのこけた顔を上げ、おどろいたように名をよんだ。

「坂本城《さかもとじょう》は、……淑子《よしこ》らは、どうした？」

「淑子さまに、乙寿丸《おとじゅまる》さまを逃《に》がすようにいわれ、お玉《たま》さまをたよりましたが会うことがかなわず……、徳川《とくがわ》さまのお仲間に助けをこいました」

「そうか。徳川さまなら、助けてくださるかもしれぬ」

「十五郎《じゅうごろう》さまは、坂本城の行く末を見とどけるとおっしゃっていました。それから、奥方《おくがた》さまが、西教寺《さいきょうじ》で殿をまつ、と」

「西教寺……？」

光秀が顔を上げた。視線《しせん》が遠くを見るようにさまよう。

「ええ。殿に伝えてほしいとたのまれたのです。ですから、そこまでまいりましょう。

涼音《すずね》もおともいたします」

涼音は、勇気づけるようにいった。

光秀《みつひで》は戦いにやぶれ、つかれきっているように見えた。つきそう家臣も数人で、このような山の中に、敷物《しきもの》もなく正座《せいざ》をしている。まるで、腹《はら》を切る準備《じゅんび》をしているかのように。

「そうか。……淑子《よしこ》は、そこでまつ、と」

口の中で、光秀は笑ったようだった。

「どこまでも、できた妻《つま》だ。あやつは……。淑子は……、もうこの世にはおらぬのだな」

「え？」

光秀のつぶやきに、涼音は耳を疑《うたが》った。

「西教寺《さいきょうじ》とは、淑子の姉が、……わしの最初の妻が眠《ねむ》る場所だ。……あやつは、姉といっしょにわしをまっていると、いいたかったのだろう」

「……そんな」

涼音は、からだの力がぬけた。ひざをついて、ぼうぜんとした。

もう一度会うのだと、信じていたのに。手のひらの守《まも》り袋《ぶくろ》をにぎりしめる。あの方が、ほんとうの母上だというのに……。最後《さいご》に、だきしめられた胸《むね》のあたたかさ。あの方は、涼音《すずね》が娘《むすめ》だと知っていたのだろうか。知っていて、涼音を乙寿丸《おとじゅまる》とともに、城《しろ》から逃《に》がしたのか。

「淑子《よしこ》がいっていたな。『一番でなくてもいい』と。『二番目でいることが、心地いい』とも。……わしと、淑子は似《に》た者《もの》同士だったのだな。一番になろうと思わぬほうが、うまくいったのかもしれぬ」

「……おそれながら、なぜ、殿《との》は……？」

主君信長《のぶなが》を討《う》ったのか。その言葉を、涼音は口にすることができなかった。知りたいと思ったのに。知って、乙寿丸に伝えなければならないと思っていたのに。

光秀《みつひで》はおだやかな表情《ひょうじょう》で、空をながめた。その視線《しせん》の先に、愛する人がいるかのように。

「わしは、戦《いくさ》のない世をつくりたいと戦ってきた。信長公のもとで戦えば、それがいちばんの近道だと信じて疑《うたが》わなかったのだ」

光秀は、そういって目をつぶった。

ああ、そうか。

涼音《すずね》はすべての答えを見つけた気がして、力がぬけた。信長《のぶなが》の夢《ゆめ》は、それだけではなかったのだ。

「後の世で、わしのしたことは、決して理解《りかい》されぬだろうな」

光秀《みつひで》は、そういって刀をとった。目を細め、苦笑しているかのようだった。

腹《はら》を切るつもりなのだろうか。夢は、もうかなわないのだろうか。

涼音の目にひとすじ涙《なみだ》があふれた。

「殿《との》。じゃまが入りそうです」

家臣のひとりが刀をぬいた。ほかの家臣も、光秀をまもるように立ち、するどい視《し》線《せん》を向ける。

槍《やり》や刀を手にした数十人ほどの男たちにかこまれていた。侍《さむらい》ではない。身分の低い者による落《お》ち武者《むしゃ》狩《が》りだ。

「首がほしければくれてやればよい。ねらいは、わしの首だけだ。おまえたちは、逃《に》げよ」

「そういうわけには、まいりません」

「最後《さいご》まで戦いまする」

逃《に》げだす兵の多い中、最後まで主君につきそった家臣たちは、そういって男たちに刃《やいば》を向けた。

あちこちで、刀をかわす高い音がひびいた。

「殿《との》……」

涼音《すずね》は忍《しの》び刀《がたな》をぬいて、光秀《みつひで》を背《せ》にした。

光秀は、少しも動じるところはなかった。死をおそれてはいない。すべてを受けいれて、そのときをまっている。

首を渡《わた》すことはゆるさない。せめて、最期《さいご》のときをゆっくりとすごしてもらいたい。

家臣たちの思いは、みな同じだったのだろう。

死闘《しとう》をつくした戦いも、ひとり、またひとりとたおれ、とうとう涼音と光秀をとりかこむように、男たちが一歩また一歩と近づいた。

「来るな！」

「涼音。おまえは、ひっこんでいよ」

そういったのは、光秀の声のようだったが、その声はうしろからではなく前からきこえた。

男たちがあいだを開《あ》ける。すがたを見せたのは、よく知っている顔だった。

「お……、オヤジさま?」

そこにあらわれたのは、行親《ぎょうしん》だった。行親が、刀をゆっくりとぬいた。

「オヤジさま? ……どうして?」

ふりかえると、行親と同じ顔をした光秀《みつひで》が、まっすぐに行親を見つめている。おどろいた様子もなく静かに座《ざ》していた。

「よろいをぬいでもらいましょう」

行親がそういって、光秀に刀をつきつけた。

目の前のできごとが、涼音《すずね》には理解《りかい》できなかった。行親が、なぜ光秀に刃《やいば》をむけているのか。

『なあ。オヤジさまは、なにをたくらんでいる?』

風斗《ふうと》のことばが、のろいのようによみがえった。

『なぜ、明智《あけち》の下で働いているんだ。明智の弱みをにぎり、織田《おだ》をゆさぶるためではないのか』

あのときは自信をもって否定《ひてい》できたのに、今はなにを信じていいかわからない。

光秀《みつひで》は、すべてを受けいれるつもりなのか、ゆっくりとした動作でよろいをぬぎだした。売ればたいそうな値段《ねだん》になるだろう高価《こうか》なよろいを行親《ぎょうしん》はみずから身につけた。

「…………」

涼音《すずね》は、ぼうぜんとよく似《に》たふたりの男を見つめていた。ひとりは、自分を助けて育ててくれた父がわりであり、もうひとりは、尊敬《そんけい》する義理《ぎり》の父にもあたる人だ。

よろいを着た行親が、刀をふりあげた。

「オヤジさま！　やめて！」

思わずからだが動いた。ふりおろした刀を、忍《しの》び刀《がたな》でうけとめる。ガキッと重い衝《しょう》撃《げき》が両うでにかかった。

近いところで、するどいまなざしの行親と目があった。孤児《こじ》だった涼音をひろい、生きる術《すべ》を教えた男のひとみに、涼音の顔がうつっている。なにがおきているのかわからない。そのひとみをのぞいても答えは返ってこなかった。

「どけ……」

静かに行親《ぎょうしん》はいった。

刀ごしに力づくではねかえされて、涼音《すずね》のからだは木の幹《みき》にぶつかった。

「う……」

肩《かた》と背中《せなか》を強く打ち、涼音は一瞬《いっしゅん》息ができなくなる。

ドサッとたおれる音がして、目を開《あ》けると、光秀《みつひで》が土の上に横たわっていた。

「殿《との》！」

涼音は、しめった草と、小枝《こえだ》の上をはうように近づいた。そっと手をふれる。光秀は、当て身で気をうしなっているだけだった。

「涼音」

名をよんだ行親は、その場にひざをついた。よろいを身にまとい、土の上に正座《せいざ》をしたすがたは、先ほどの光秀に重なる。

いやな、予感がした。

「明智《あけち》を、まもれ。そして、生きのびよ」

行親は、涼音に笑いかけた。それから、静かに目を閉《と》じた。

「オヤジさま？」

「よいな」

数人の男が、行親《ぎょうしん》に近よる。次の瞬間《しゅんかん》、いっせいにそのからだに槍《やり》をさした。

「ぐっ……」

のどから、くぐもった声がもれた。

「オヤジさま！」

「……よ」

行親の口が動く。

生きよ、と。

その口から鮮血《せんけつ》が流れでた。

天正《てんしょう》十年六月、本能寺《ほんのうじ》の変《へん》で信長《のぶなが》を討《う》った明智光秀《あけちみつひで》は、山崎《やまざき》の戦いで秀吉《ひでよし》にやぶれ、逃《に》げる山中で落《お》ち武者《むしゃ》狩《が》りにあい、命を落としたと後世に伝わっている。

第七章　ホントウノ敵《てき》

「涼音《すずね》！　見て、蝶《ちょう》が……」

草原に、幼子《おさなご》のようにかけまわる姫君《ひめぎみ》がいた。澄《す》んだ青空。どこかで、ひばりが鳴いている。ピチュピチュと歌うように。

「於長《おちょう》さま、あぶのうございますよ」

涼音はそう声をかけるが、於長はきく耳をもたなかった。蝶をつかまえようと、笑いながら走ることをやめない。

本能寺《ほんのうじ》の変《へん》のあと、光秀《みつひで》の娘《むすめ》、お玉《たま》が幽閉《ゆうへい》された丹後国《たんごのくに》味土野《みどの》。そこに、於長はひっそりと暮《く》らしていた。本能寺の変から十数年がすぎていた。

ここに来たばかりのころ、於長は悲しみに打ちひしがれていた。けれど今は、笑うこと、はしゃぐこと、おいしいと味わうこと……。そんなあたりまえのことが、だんだんできるようになっていた。

涼音は、於長によりそい、その笑顔が少しずつふえていく様子を見まもっていた。

「あっ！」

於長がなにかにつまずいてころんだ。

「於長《おちょう》さま！　ほら、いったそばから……。おけがはありませんか？」

涼音《すずね》はすばやくかけより、於長の華奢《きゃしゃ》なからだをながめた。着物のひざと、手のひらがいくぶんよごれただけだった。

「……ああ。蝶《ちょう》が……。見うしなっちゃったわ」

空を見上げたひとみに、暗い影《かげ》がやどる。

「蝶など、またいくらでもとんできますよ」

「いつだったか、坂本《さかもと》で見た蝶と同じだったの。あれはいつだったのかしら。……母上さまがいて、おばあさまがいて、……涼音もいたわ」

「…………」

坂本城《じょう》のそばの草原で、はしゃぎまわったおさない於長。いちばん幸せだったころの記憶《きおく》を、何度も何度も思いだして、心をなぐさめている。

あたりまえのことは、だんだんできるようになってきた。けれど、見えない心の傷《きず》は、まだ完全にはいえていない。

「……また、会えますよ。きっと……、あの日の蝶に」

「……そうね」

そうなぐさめると、於長《おちょう》は空を見上げた。雲が、ゆっくりと流れている。

ピピピピピピ……。

ひばりが鳴いた。まるで仲間に危険《きけん》を知らせるように。

上を向くと、黒い大きな鳥が横切り、山の高い木に向かってとんでいく。見おぼえのある黒いつばさ。鷹《たか》だ。

「まさか……」

心臓《しんぞう》がひとつ強く波うった。ふところにかくしもつ手裏剣《しゅりけん》をたしかめながら、涼音《すずね》はあたりを見渡《みわた》した。背《せ》の高い木々が葉をゆらすだけだった。

「風が出てきました。もう屋敷《やしき》に帰りましょう」

平静《へいせい》をよそおい、涼音はそういった。

「ええ」

手をさしだすと、於長は思いがけない強さで、その手をにぎった。その力強さに泣きたくなる。

この手をかならずまもってみせると、涼音は山の遠くをにらんだ。

夜、屋敷《やしき》をぬけだした涼音《すずね》は、近くの寺に向かった。

ひさしぶりに見た鷹《たか》には、見おぼえのある忍《しの》び文字《もじ》の文《ふみ》がついていた。

風斗《ふうと》が生きている。ほっとすると同時に、不安がひろがる。

今さら、なんの用だろう。

もう一度仲間にならないかとのさそいを拒絶《きょぜつ》した。

おさななじみとは、あの日以来会っていなかった。

ホーホーとふくろうの鳴く大木の下を、気配を消して通りすぎた。ふくろうはやむことなく鳴いている。

月のない真《ま》っ暗闇《くらやみ》の中、さびれた寺に向かう石段《いしだん》を、涼音は音を立てないようにのぼった。

半分開《あ》いたままの古びた門。人の気配がないことを確認《かくにん》して、するりと中に入る。

すると、背後《はいご》から声がきこえた。

「よう。よく来たな」

涼音がふりかえると、門の内側《うちがわ》によりかかっていた黒装束《くろしょうぞく》の男は、にやりと口もとで笑う。

「……風斗《ふうと》。生きていたの」

「あのくれえの傷《きず》でおれが死ぬかよ」

十数年ぶりに会ったおさななじみは、ぼさぼさの髪《かみ》をひとつにまとめ、にやりと笑う表情《ひょうじょう》は昔のままだった。

ただ、黒い布《ぬの》で左目をおおっている。涼音《すずね》は、とっさに目をそらした。

その目を切りさいたのは、自分だ。そのときのなまなましい感覚を思いだし、涼音はこぶしをにぎりしめた。

「お手柄《てがら》だったようだな。だれの言葉もきく耳をもたなかった於長《おちょう》さまを、みごとに手なずけたらしいじゃないか」

「手なずけたなんて、いやないい方ね」

あいかわらず、風斗は口が悪かった。だから、こっちも昔のようにいいかえすことができた。

「今さら、なんの用?」

夜目《よめ》はきく。暗闇《くらやみ》の中で、風斗が意地悪く笑ったのが見えた。

「本能寺《ほんのうじ》の変《へん》から十三年か……。おさない於長さまは、謀反人《むほんにん》の娘《むすめ》とされた母上とひきはなされ、細川《ほそかわ》の祖父母《そふぼ》のもとで育ったらしいな。天下人秀吉《ひでよし》の命《めい》で、細川と豊臣《とよとみ》のきずなを深めるために政略結婚《せいりゃくけっこん》させられたとか」

「でも、於長《おちょう》さまと景定《かげさだ》さまは、それは仲むつまじいご夫婦《ふうふ》だったそうよ」

思わず、涼音《すずね》はいいかえした。於長は、決して不幸だけの人生ではなかった。

山崎《やまざき》の戦いで、明智光秀《あけちみつひで》に勝利した羽柴秀吉《はしばひでよし》は、豊臣秀吉《ひでよし》と名のり、関白《かんぱく》となる。秀吉には長いあいだ子どもが生まれず、ようやく生まれた男の子がおさなくして亡《な》くなると、秀吉は甥《おい》の秀次《ひでつぐ》に関白をゆずった。

於長の夫、前野景定《まえのかげさだ》は秀次の側近だ。

「仲むつまじい夫を殺されたら、生きる気力もなくなるだろうな。いっときは、なにも食べず、だれとも会わずひきこもっていたらしいじゃないか。どうやって、於長さまに生きる意欲《いよく》をおこさせたんだ？」

「……ひょっとして、わたしに於長さまのことを伝えてきたのは、あなただったの？」

問いにはこたえず、涼音はききかえした。

涼音は十年以上、山奥《やまおく》の庵《いおり》で、出家した光秀といっしょにひっそりと暮《く》らしてきた。光秀は、毎日亡《な》くなった家族や家臣、そして、みずから討《う》った主君をとむらっている。

ほとんど人がおとずれることのない庵《いおり》に、差出人のない文《ふみ》がとどいたのは十日ほど前だ。於長《おちょう》の居場所《いばしょ》と、命があぶないとだけ書かれた文を見て、涼音《すずね》はいてもたってもいられずここに来た。

「我が殿《との》から、明智《あけち》の血をひく者は助けてやれといいつかっている。涼音ならもしかしたらと思ったんだ。於長さまの昼間の様子を見たら、うまくいったようだな」

「……見ていたの？」

昼間どこから見られていたのだろうと、涼音はいやな気持ちになる。

太閤殿下《たいこうでんか》とよばれる秀吉《ひでよし》から謀反《むほん》の疑《うたが》いをかけられ、関白秀次《かんぱくひでつぐ》といっしょに於長の夫景定《かげさだ》も切腹《せっぷく》を命《めい》じられた。その直前、於長は離縁《りえん》され、細川《ほそかわ》の家来によりここにつれてこられた。

秀次の妻子《さいし》はとらえられ、みな殺しにされたことを考えれば、景定の決断《けつだん》は正しかった。景定は、於長を大切に思っていたのだ。

それがわかっていても、二度も謀反人《むほんにん》の身内となり、大切な人と別れることになった運命に、於長は生きる希望を見いだせないでいた。

「於長さまを説《と》きふせるのは、たいへんだったのではないか。いったいどんな話をしたんだよ」

しつこく風斗《ふうと》がつめより、一歩近づいた。

「……それは、おまえには関係ない」

「いや。関係ないこともないさ」

風斗は、社《やしろ》の入り口に視線《しせん》を向けた。

「おまえに、会わせたい方がいる」

「会わせたい方？」

涼音《すずね》は、うながされるまま格子戸《こうしど》をゆっくり開《あ》けた。古い戸がギイと音を立てる。

もしかしたらという気持ちがあった。胸《むね》が波打つ。

せまい社の中は、ろうそくのほのかな灯《あか》りだけだった。空気が動いたのか、炎《ほのお》がゆらめき、影《かげ》がゆれた。

中にひとりの男がすわっていた。頭を丸めた僧侶《そうりょ》のすがた。かすかな光の中でも、端正《たんせい》な顔立ちだとわかった。がっしりとした肩《かた》はばの男の、涼《すず》しげな目もとに見おぼえがあった。

涼音は、はやる気持ちをおさえられず僧にかけよった。両うでをつかんで、正面から顔を凝視《ぎょうし》する。

「乙寿丸《おとじゅまる》さま?」

ろうそくのたよりない灯《あか》りの中で、男は目じりを下げた。

「その名でよばれるのは、ひさしぶりだ。今は、寿正《じゅせい》というのだ。……涼音《すずね》、なつかしいな」

寿正と名のった男はよくとおる声でいった。声がわりをした声が、元気なころの光秀《みつひで》を思いおこさせる。

「……よくぞ、ご無事で……」

あの日、伊賀《いが》の仲間にたくした乙寿丸を、徳川《とくがわ》はきちんとまもってくれた。こぎれいな衣を着ていることからも、それはわかった。

寿正が、涼音の手をとった。大きくなった手のひらは意外なほどかたく、弓や剣《けん》の鍛錬《たんれん》をしている武将《ぶしょう》のようなマメがあった。

「そなたには、感謝《かんしゃ》している」

言葉にならず、涼音は首を横にふる。

いつもその身を案じていた。淑子《よしこ》からあずかった明智《あけち》の血が、無事流れつづけていたことがうれしかった。

「それで、ほんとうなのか。……父上が生きているのは」

「ええ。……身がわりになって、明智光秀《あけちみつひで》として首をさらされたのは、影武者《かげむしゃ》です。今は、ひっそりと世を忍《しの》んでお暮《く》らしです」

「そうか……。信じられなかったが、涼音《すずね》がいうならほんとうなのだろう」

そういった寿正《じゅせい》の目に、暗い影《かげ》がさす。思いがけない声のかたさに、涼音はとまどった。

「そろそろきかせてもらってもいいか」

風斗《ふうと》が、うでを組んでろうそくの前に立つ。炎《ほのお》がゆらめき、影が大きくゆれた。

「なにを……」

「於長《おちょう》さまに語ったことさ。……本能寺《ほんのうじ》の変《へん》のほんとうの理由を、教えてやったんじゃないのか」

涼音は、ごくりとつばをのみこんだ。寿正が、まっすぐに涼音を見つめる。

「我《わ》が殿《との》は、寿正さまを還俗《げんぞく》させ、明智の家を再興《さいこう》させることもお考えだ。しかし、寿正さまは首をたてにふろうとしない。すでに明智さまに何度か文《ふみ》を送ったが、返事もないのでな」

風斗《ふうと》がゆっくりと歩きまわりながらいった。そのたびに壁《かべ》にうつる影《かげ》がゆがむ。寿《じゅ》正《せい》の顔にも漆黒《しっこく》の影がかかった。

「……殿《との》は、だれからの文《ふみ》も読もうとはしない。すべての関係をたちきって、亡《な》くなった方々の冥福《めいふく》をいのっているの。殿がおっしゃる気がないことを、わたしがいうわけには……」

「それでも、おまえは知っているのだろう。十年以上、いっしょにいたおまえなら」

「…………」

黒い布《ぬの》でおおわれた左目に、心を見すかされそうになる。涼音《すずね》は思わずくちびるをかんだ。

「涼音。わたしは腑《ふ》に落ちないのだ。父上が、信長公《のぶながこう》を討《う》った理由がわからぬ」

寿正が、苦しいものをはきだすように、言葉をついだ。

「信長公が父上を悪《あ》しざまにののしり、うらみがたまったのだという者もいた。しかし、わたしには信じられぬのだ。父上は城《しろ》に帰っても、すぐに出かけてしまうくらいに、信長公にたよりにされていた。あのころの生き生きとしたおすがたは、主君にののしられ、うらみをもつ人とは思えぬ」

淑子《よしこ》があきれるくらいに、光秀《みつひで》はいそがしく動きまわっていた。信長《のぶなが》に信頼《しんらい》されている証拠《しょうこ》だと、胸《むね》をはっていた。あのころの光秀を間近で知る者ならば、信じられないのも当然だ。

「……殿《との》は、だれよりも信長公に信頼されていました。それは、まちがいありません」

「それなら、なぜ……」

断言《だんげん》する涼音《すずね》に、長年寿正《じゅせい》の胸の内にしまっていた思いがあふれでた。

「わたしには、わからぬ。わからないまま、謀反人《むほんにん》の息子として生きていかねばならぬのがつらいのだ。……徳川《とくがわ》さまが親切にしてくれればなおさら、本能寺《ほんのうじ》の変《へん》に徳川がかかわっていたのではないかとかんぐってしまう。そう思うと、徳川さまの親切をすなおに受けとってよいのか、ためらってしまうのだ」

運命に流されまいとする強い意思。おさなかった乙寿丸《おとじゅまる》は、十年のときをへて、みずからの頭で考える大人へと成長していた。

「昔、教えてくれた人がいた。『こわがって目をそむけてはならない』と。わたしは、その言葉を胸に今日までやってきた。理由もわからず納得《なっとく》できないまま、流されて生きていくことはできぬ」

涼音《すずね》は、まっすぐに寿正《じゅせい》を見つめかえした。

ふっくらとしたほおはこけ、別れてからの年月と苦労を感じた。けれど、涼やかなひとみには力がやどっている。

徳川《とくがわ》は、謀反人《むほんにん》の息子の命を助けてくれただけでなく、りっぱに育ててくれたのだ。明智《あけち》の息子という存在《そんざい》を利用しようとするならば、ただ甘《あま》やかしておけばいい。けれど、きちんと学問を学ばせ、武芸《ぶげい》の鍛錬《たんれん》も欠かさずにいたのだろう。聡明《そうめい》なまなざし、マメだらけの手のひらからも、それがわかった。

ジジジッと、ろうそくのあらがうような音がきこえた。

「……殿《との》は、若《わか》いときに浪人《ろうにん》となり、全国を放浪《ほうろう》したとききました」

覚悟《かくご》を決め、涼音は静かに口を開いた。

「若いころの苦労話は、わしもきいたことがある。母上は髪《かみ》を売ってまで、父上にみじめな思いをさせないようつくしたとか」

寿正が身をのりだした。素性《すじょう》をかくして生きてきた日々で、謀反人の父のことを語る機会は、ほとんどなかったにちがいない。

「ええ。殿《との》は、放浪《ほうろう》の中多くの村々を見たそうです。兵に焼かれた村や戦《いくさ》で親を亡《な》くした子ども、荒《あ》らされた田畑……。殿は、戦を亡くすためにどうするかを考え、織田《おだ》さまのもとで働くことをえらんだのだそうです」

「えらんだ相手をまちがったんじゃねえか」

信長《のぶなが》にうらみをもつ風斗《ふうと》が、皮肉っぽく口をはさんだ。

「いいえ。織田さまは、古い常識《じょうしき》にとらわれない方だといっていました。天下統一《てんかとういつ》には、織田さまのような新しい考えをもつ方がいちばんだと。戦をなくすために、懸命《けんめい》に戦《たたか》ってきたのです」

「それなら、なぜ謀反《むほん》など……」

寿正《じゅせい》が、理解《りかい》できないという顔でつぶやく。

「織田さまが、殿におっしゃったのです。天下統一したあかつきには、大陸を攻《せ》めると」

「大陸を攻める……？」

寿正の整ったまゆが、ぴくりと動いた。

「織田さまは、この国を統一したあと、朝鮮《ちょうせん》に、その先の大陸へと、戦の場をうつすおつもりでした。そうすることで、大名《だいみょう》の力をそぐことができる、と……。それをきいた殿《との》はたいへんおどろかれ、織田《おだ》さまにくってかかったのです」

涼音《すずね》は、天井裏《てんじょううら》できいたふたりの会話を思いだした。

信長《のぶなが》は天下統一《てんかとういつ》後、海の外へと出て行こうとしていた。地球儀《ちきゅうぎ》をながめながら、野望をふくらませていた。

それでは、戦《いくさ》をなくしたいという光秀《みつひで》の願いはかなわない。

『息子たちは、われらよりももっと過酷《かこく》な戦場に身を投じることになりましょうぞ！』

信長にうったえた光秀の、しぼりだすような声。あんなにも感情《かんじょう》をあらわにした光秀を見たのは、あとにも先にもそれだけだ。

戦によって切りさかれる家族の痛《いた》みを、後の世に残したくはない。その願いは、信長の胸《むね》にはひびかなかった。

「父上は、……われらのために戦をとめようと、決意したのか。あのまま信長公が天下をとれば、熾烈《しれつ》な戦いに向かったのは、わたしや兄だったかもしれない」

ろうそくの紅《あか》い光の中でも、寿正《じゅせい》の顔が青白く見えた。痛《いた》みにたえるような表情《ひょうじょう》をして、背《せ》すじをのばす。

「なるほどな。……決意したからといって、信長《のぶなが》の首をとれるやつは、そうはいねえよ。明智光秀《あけちみつひで》だからできた。……そうだろう？」

風斗《ふうと》が、涼音《すずね》に同意をうながした。

「ええ。織田《おだ》さまは信頼《しんらい》していたからこそ、殿《との》に徳川《とくがわ》さまを討《う》てと命《めい》じたのです。失敗するはずもない兵と、その機会をあたえた……。殿は、徳川さまにそそのかされたわけではありません。みずからの強い意思で、主君を討ったのです」

寿正《じゅせい》が大きく息をはき、目を閉《と》じた。涼音の言葉を口の中でくりかえしてかみしめているかのように、かすかにくちびるをふるわす。

「あのとき、我《わ》が殿《との》が明智さまに会いたがったのは、みずからの身に万が一のことがおこったさいに、残った家族を助けてくれるようたのむおつもりだったのだ」

風斗が静かにそういった。

「え？」

涼音は思わず風斗の顔を凝視《ぎょうし》する。その右目はうそをついているとは思われなかった。

「正室と嫡男《ちゃくなん》を死に追いやったことを後悔《こうかい》していた殿《との》は、残される家族のことをなんとしてもまもりたかったのだろう。だれか信頼《しんらい》のおける人にたくしたかった。そのたくすに足る人が、明智《あけち》さまだったのだ」

おそれることなく信長《のぶなが》に進言できる、もっとも信頼されている家臣が、光秀《みつひで》だった。家康《いえやす》は、信長に命をねらわれることをうすうす感づいていたのだろう。けれど、まさかその実行者が光秀だとは思わなかったかもしれない。

「……結果的に命を救われた徳川《とくがわ》さまは、だから、わたしをかくまってくれたのか」

寿正《じゅせい》は、ひざの上の手のひらをぎゅっとにぎりしめた。

「…………」

ジジジとかすかな音がして、炎《ほのお》がいちだんと大きくゆれた。ろうそくがつきる寸前《すんぜん》のひときわ明るい炎。寿正は立ちあがり、新たなろうそくに火をうつした。

「この話を於長《おちょう》にもしたのだろう？」

「……はい」

「於長を救ってくれたこと、礼をいう」

ゆっくりとひざをついた寿正が、そういって頭《こうべ》をたれる。

「寿正《じゅせい》さま」

「……苦しい運命を架《か》せられた理由を、ずっとわからないままでいるのは、つらかっただろう。わたしも……」

顔を上げた寿正は、すっきりとした表情《ひょうじょう》をしていた。

「義母上《ははうえ》との約束をはたすことができる」

別れぎわに、淑子《よしこ》は『殿《との》の血と、思いを後の世につないでもらいたい』といった。

それは、あの小さな少年にとって、死ぬよりもつらい呪縛《じゅばく》だったのかもしれない。

「知らないままでいたら、父上をうらんでしまったかもしれない。……やっと、父上に会いに行こうという気になった」

そういって、ほがらかな笑みを見せた寿正に、涼音《すずね》はこくりとうなずいた。

数日後、寿正がひさしぶりの親子の対面を果たしたと、風斗《ふうと》が報告《ほうこく》に来たのは、屋《や》敷《しき》の者が寝静《ねしず》まった深夜だった。

「しばらくは、ふたりでいっしょに住むことになった。手伝《てつだ》いの者もいるから、なにも心配することはないさ」

「そう。よかった。親子で暮《く》らせば、あの方も元気になるでしょうね」

月明かりの下、神社の石段《いしだん》の上に腰《こし》かけて、涼音《すずね》はいった。

亡《な》くなった家族や主君をいたむだけの日々から、光秀《みつひで》も一歩ふみだせるかもしれない。

そうすれば、涼音の役目はおわりだ。どこかほっとした自分がいる。

「しかし、明智光秀《あけちみつひで》は、織田信長《おだのぶなが》の大陸進出をとめることができたが、太閤秀吉《たいこうひでよし》の朝《ちょう》鮮出兵《せんしゅっぺい》をとめることができなかったのが、皮肉だったな。まだ極秘《ごくひ》だが、太閤はいよいよ二度目の朝鮮出兵に動きだすぜ」

舌打《したう》ちといっしょにはきだした風斗《ふうと》の言葉が、涼音の耳にとどく。

「それは、ほんとう？　……どうして、そんなことを風斗が知っているの？」

口に出してから、ばかな問いだったと思った。石灯籠《いしどうろう》の台座《だいざ》に腰かけた風斗は、ただ口のはしを上げただけだった。

一人前の忍《しの》びなら、天下人《てんかびと》の動向をさぐることなどたやすい。

「……於長《おちょう》さまのいったことは、ほんとうだったのね」

於長にとって、幸せなおさないころの記憶《きおく》が一変したのは、祖父《そふ》がおこした本能寺《ほんのうじ》の変《へん》からだった。自分の運命をのろっていた於長《おちょう》に、光秀《みつひで》の思いを話すと、於長ははっとした顔になった。『お祖父《じい》さまは、……景定《かげさだ》さまと同じだったのですね』といって、於長は涙《なみだ》を流した。

「景定さまは、朝鮮出兵《ちょうせんしゅっぺい》には反対だったそうよ。もちろん、関白秀次《かんぱくひでつぐ》さまも……」

「無理もない。異国《いこく》で戦った者たちの話をきけば……。なれない気候や風土の中、言葉も通じない敵《てき》と、地理もおぼつかない戦場で戦うんだ。戦《いくさ》で傷《きず》つくより、飢《う》えや病にたおれる者のほうが多かったらしい。そんな不利な戦をもう一度やろうっていうんだから、どうかしている」

そうぼやいた風斗《ふうと》は、はっとしたように目を見開いた。

「関白は、朝鮮出兵に真っ向から反対したから、太閤《たいこう》の怒《いか》りをかったのか」

「おそらく……」

風斗の問いに、涼音《すずね》はうなずいた。

「太閤に世継《よつ》ぎが生まれたせいで、関白がじゃまになったとか、関白のほうが重圧《じゅうあつ》にたえられず、まっとうな判断《はんだん》ができなくなって謀反《むほん》をおこしたとか、そんなうわさがあるが……」

「秀次《ひでつぐ》さまは、お世継《よつ》ぎに関白《かんぱく》の座《ざ》をゆずるお考えだった。謀反《むほん》をおこす理由がないそうよ」

すべて於長《おちょう》からきいた話だ。

信長《のぶなが》の大陸進出をとめるために、光秀《みつひで》がおこした本能寺《ほんのうじ》の変《へん》。平和な国をつくろうとした夢《ゆめ》は、秀吉《ひでよし》の手によって絶《た》たれた。

そして、於長の愛する夫もまた、朝鮮出兵《ちょうせんしゅっぺい》を真っ向から反対したことで、命をうばわれた。

彼《かれ》らが戦った敵《てき》の正体は、天下人の欲《よく》だ。

その欲は、どこまでもひろがり、おわりがない。

巨大《きょだい》な敵を相手に、於長の大切な人たちは、命をかけたのだ。これ以上、戦《いくさ》で親とひきさかれて泣く子どもがふえないように。

ほんとうの敵の正体を知った於長は、ひとしきり泣いたあと、顔を上げた。

『おふたりをほこりに思って、生きていけます』

そうつぶやいた横顔には、今までにはなかった凜《りん》とした強さがあった。

「於長さまのこと、おまえにたよったのは正解《せいかい》だったな」

風斗《ふうと》がそういって、かすかに口もとをほころばした。その表情《ひょうじょう》は、ほんの少しやさしげに見えて、涼音《すずね》は意外に思った。

「さて、そろそろ行くとするか」

風斗は立ちあがり、視線《しせん》を細い石段《いしだん》の先へ向けた。

月明かりが、山里をたよりなく照らしている。

「夜目《よめ》はきくの？　……その、片眼《かため》だけで」

おそるおそる涼音はたずねた。その左目を傷《きず》つけたのは自分だというのに、風斗は一度もそれを責《せ》めることはない。

「心配いらない。視野《しや》がせまいから、戦場では一人前の働きはできないが、おかげで戦《いくさ》に出ることもなくなったよ。柘植《つげ》さまからもおはらい箱になって、縁《えん》が切れた」

さっぱりとした口調で、風斗はいった。

「そう……」

涼音は、うしろめたい気持ちをのみこんだ。あの場は戦場だったし、敵《てき》だった。おたがいの役目のために手段をえらばないのが、忍《しの》びの使命だ。涼音があやまることは、風斗にとっては不本意だろう。

けれど、忍《しの》びでない風斗《ふうと》など、涼音《すずね》には想像《そうぞう》できなかった。

「今は、殿《との》に気に入られて、薬草を育てたり、煎《せん》じたりするお役目をになっているんだ」

「徳川《とくがわ》さまの薬を……？」

「ああ。よくきくって、重宝《ちょうほう》されている。だから、早く帰らないといけねえ。おれもひまじゃねえんだ」

風斗がそういって、白い歯を見せる。

「……そう」

ふっと、笑いがこみあげた。

「秀吉公《ひでよしこう》のお世継《よつ》ぎはまだおさない。豊臣《とよとみ》の天下は、いつまでつづくかわからないわ。そうなれば、徳川さまも、天下をねらうおひとりなのでしょう？」

涼音は、風斗の顔を見上げてたずねた。

以前一度だけ見かけた人のよさそうな方が、それほどの野心家とは思われなかった。

けれど、人は見かけどおりとはかぎらない。

「太閤《たいこう》のまつりごとが、人々のためになるなら、今のままでもいいさ」

風斗《ふうと》は、皮肉っぽくくちびるのはしを上げて、つづけた。

「だが、我《わ》が殿《との》は朝鮮出兵《ちょうせんしゅっぺい》には反対だ。異国《いこく》を攻《せ》めなくとも、国を長く平和にみちびく方法を模索《もさく》している。そのため、明智《あけち》さまに国づくりの知恵《ちえ》をおかりしたい考えだ。古い考えにとらわれず、目的のためならあっという奇策《きさく》をやってのける。信長公《のぶながこう》をあそこまで支《ささ》え、天下統一《てんかとういつ》の道すじをしめしたのは、あの方だ。少なくとも、我が殿はそうお考えだ」

熱っぽく語る風斗を、涼音《すずね》はどこか遠く感じていた。

風斗は手に入れたのだ。天下をとるかもしれない人の命を、いつでも弱らせたり、殺したりできる立場を。

『今に、忍《しの》びが武将《ぶしょう》を手のひらの上でころがす時代が来るさ』

忍びは、武将に利用されるだけの駒《こま》なのか。それとも、忍びの手のひらで、武将たちが天下とりだと躍起《やっき》になってころがされているのか。

少なくとも、天下を動かそうとする人の運命を、風斗はその手ににぎっている。

さみしいような、それでいて、どこかほっとした気持ちが胸《むね》の中でまざりあう。

「そうね。あの方は、一番よりも二番目にいるほうが実力を発揮《はっき》できるかもしれない。

しかも、国づくりは、もっとも得意とするところだもの……」

「涼音《すずね》がいうのなら、まちがいないだろう。殿《との》に、いい報告《ほうこく》ができそうだ」

風斗《ふうと》はそういって、涼音のわきを通りすぎる。暗闇《くらやみ》で足もとのおぼつかない中でも、迷《まよ》いのない歩みに見えた。

「ああ、そういえば……」

石段《いしだん》を数段降《お》りたところで、風斗はふりかえった。いちばん上の石段に腰《こし》かけたままの涼音と、真正面から向きあう。

「おまえは、いつまでここにいるんだ。明智《あけち》さまのもとにもどるのか。明智さまはいずれ、寿正《じゅせい》さまのいる寺に来てもらうつもりだ。そこは、女人禁制《にょにんきんせい》の寺なんだが……」

おぼろげな月明かりの下で、風斗の右のひとみがかすかにゆれる。

「もし……」

「わたしはここにいて、於長《おちょう》さまをおまもりするつもり」

もし行くところがないなら、いっしょに来るか。

そう問われる前に、涼音はいいきった。

「今はまだ、あの方をひとりにはできないから」

いいわけのようにつけたして、涼音《すずね》は無理に笑みをつくる。

天下には興味《きょうみ》がなかった。天下をとることにこだわる風斗《ふうと》とは、きっといっしょにいられない。

「……そうか」

長く息をはいたあとで、風斗はあきらめたようにつぶやいた。

さわさわっと、風で森のゆれる音がきこえる。

しばらく、見つめあうかたちになる。そのまなざしが告《つ》げている。もう二度と会うことはない、そんな予感がした。

「じゃあな……」

雲が流れ、月がかげる。次の瞬間《しゅんかん》、風斗のすがたが消えた。

忍《しの》びの技《わざ》は決しておとろえてはいないようだ。

「さようなら。元気で」

涼音は、闇《やみ》に向かって手をふって、おさないころいっしょにすごした仲間に別れを告《つ》げた。

（了）

あとがき

子どものころ、忍者《にんじゃ》はいると思っていました。

魔法使《まほうつか》いも、妖精《ようせい》も、幽霊《ゆうれい》も、妖怪《ようかい》も、天狗《てんぐ》も、宇宙人《うちゅうじん》も、もしかしたらいるかもしれないけれど、いないかもしれない。だけど、忍者はいると漠然《ばくぜん》と信じていたのです。

それは、近くの山城《やまじろ》の落城《らくじょう》のさいに忍者が関わった話や、成長の早い麻《あさ》という植物をとびこえて修行《しゅぎょう》する話などを、祖母《そぼ》から度々きいていたからかもしれません。

私の住む群馬《ぐんま》県東吾妻《ひがしあがつま》町には、その昔真田幸村《さなだゆきむら》で有名な真田氏が上州侵略《じょうしゅうしんりゃく》の拠点《きょてん》とした岩《いわ》櫃城《びつじょう》があり、真田忍者の頭領《とうりょう》が最後の城代を務《つと》めたといわれています。

そんな関係もあって、数年前から「忍び」をキーワードに町おこしがはじまっています。その活動をお手伝いする中で、忍者の末裔《まつえい》といわれる方々にお会いする機会がありました。代々伝わる修行方法などをおききして、忍者の存在《そんざい》が確信《かくしん》にかわる一方で、次第に忍者が活躍《かつやく》するわくわくする物語を書きたいと思うようになりました。

忍者は影《かげ》の存在で、歴史《れきし》の表舞台《おもてぶたい》に出てくることはまずありません。けれど、本能寺《ほんのうじ》の変《へん》直後の徳川家康《とくがわいえやす》の伊賀《いが》越《ご》えのように、歴史の転換期《てんかんき》に、かれらは重要な役目を担《にな》っていたのかもしれません。

明智光秀《あけちみつひで》のおこした本能寺《ほんのうじ》の変《へん》は、歴史上《れきしじょう》重大な事件《じけん》であったにも関わらず、その理由については諸説《しょせつ》あり、はっきりとしません。織田信長《おだのぶなが》が光秀をいじめていたことによる怨恨説《えんこんせつ》、自ら天下をとろうとした野望説、朝廷《ちょうてい》やイエズス会、豊臣秀吉《とよとみひでよし》による黒幕《くろまく》説まであります。

今回は、明智憲三郎《けんざぶろう》氏の説を参考に、忍《しの》びの少女から見た本能寺の変の理由を書いてみました。光秀の子孫である明智氏のご著書《ちょしょ》は、歴史捜査《そうさ》という手法で、本能寺の変の不可解《ふかかい》な謎《なぞ》をひとつひとつわかりやすく解明しています。興味《きょうみ》のある方はぜひ読んでみてください。

主君を裏切《うらぎ》った光秀には、狡猾《こうかつ》な極悪人《ごくあくにん》・策略家《さくりゃくか》というイメージをもつ人もいるでしょう。しかし、愛妻家《あいさいか》のエピソードや、領民《りょうみん》に好かれていたという一面もあるのです。

結婚前に疱瘡《ほうそう》にかかり、顔にあばたの残った熙子《ひろこ》のかわりに、よく似た妹を嫁《とつ》がせようとして光秀がことわった話や、熙子が自慢《じまん》の黒髪《くろかみ》を売り、光秀を金銭的《きんせんてき》に助けたという話は、仲むつまじい光秀夫婦《ふうふ》のエピソードとして伝わっています。病に伏《ふ》した光秀を看病《かんびょう》した熙子が、光秀の回復《かいふく》した後、看病疲《づか》れで亡《な》くなってしまい、光秀がたいへん悲しんだという話もあります。

とても美しかったという熙子ですが、実はわからないことも多く、生まれた年も定かではありません。その妹にいたっては名前も伝わっていません（この本では淑子《としこ》としています）。信長の側室だったという説や、姉の死後、光秀の後妻に入ったという説もあります。

姉のかわりに嫁がされようとして一度は破談《はだん》になり、その後、姉をだれよりも大切にしていた男に嫁《とつ》ぐ女性《じょせい》の心情《しんじょう》はどのようなものだったのでしょう。その女性の人生が幸せなものであったらいいとねがう気持ちが、この物語を書くもうひとつのきっかけでもありました。

本能寺《ほんのうじ》の変《へん》のあと、明智光秀《あけちみつひで》は、山崎《やまざき》の戦いに敗れて、坂本城《さかもとじょう》にもどる途中《とちゅう》に亡《な》くなったとされています。しかし、岐阜《ぎふ》県山県《やまがた》市には、亡くなったのは影武者《かげむしゃ》で、息子の乙寿丸《おとじゅまる》とともに暮《く》らしたという伝説が残っています。また、江戸《えど》時代初期に家康《いえやす》の参謀《さんぼう》として働いた天海《てんかい》という人物が、光秀だったのではという説もあるようです。本当のところはわかりませんが、明智光秀には、単なる謀反人《むほんにん》という一面だけではなく、生き残っていてほしいとねがう人々が多くいた、そんな魅力《みりょく》のある人物だったのかもしれません。

最後になりましたが、ご協力いただいた岩櫃城忍《いわびつじょうしの》びの乱《らん》実行委員長齋藤貴史さまをはじめ実行委員のみなさま、貴重《きちょう》なお話を聞かせていただいた吾妻忍者末裔《あがつまにんじゃまつえい》の方々に、この場を借りてお礼申しあげます。

また、解説《かいせつ》をおひきうけいただいた忍者学の第一人者、三重大学の山田雄司先生、すてきなイラストを描いていただいた田中寛崇さま、たいへんお世話になりました。

多くの方々に支《ささ》えられて、この物語が本になることに心から感謝《かんしゃ》します。

二〇二〇年二月　　加部鈴子

解説

「忍者《にんじゃ》」という言葉は「NINJA《ニンジャ》」となって世界に広まっている。小説、映画《えいが》、演劇《えんげき》、マンガ、ゲーム、グッズなど、忍者関係のさまざまなモノが、時代や国境《こっきょう》を越《こ》えて多数つくられ続けている。日本に限《かぎ》ってみても、忍者を題材とした作品は、真田十勇士《さなだじゅうゆうし》、忍者ハットリくん、服《はっ》部半蔵影《とりはんぞうかげ》の軍団《ぐんだん》、忍たま乱太郎《らんたろう》、NARUTO《ナルト》、忍びの国など、枚挙《まいきょ》に暇《いとま》がない。また、そこに描《えが》かれる忍者は、あるときは社会から疎外《そがい》された孤独《こどく》な存在《そんざい》、またあるときはスーパーヒーロー、そしてあるときはドジで愛される存在といったように、さまざまな変貌《へんぼう》をとげている。忍者は江戸《えど》時代から現代《げんだい》まで続く、もっとも古くて新しいエンタメの素材《そざい》なのである。

なぜこのように多様な忍者像《ぞう》が描かれているのかといえば、それは忍者の実像がほとんどわからないからであろう。だからこそ逆《ぎゃく》に作者が各人の想像力によって忍者をつくりあげることができるのである。忍術書《にんじゅつしょ》『万川集海《まんせんしゅうかい》』には、「能忍者《よきしのびのもの》ハ抜群《ばつぐん》ノ成功《こうをなす》ナリトイヘ共《ども》、音《おと》モナク嗅《におい》モナク智名《ちめい》モナク勇名《ゆうめい》モナシ、其功天地造化《そのこうてんちぞうか》ノ如《ごと》シ」とあるように、忍者たるもの名前を残してはいけない。上忍《じょうにん》とよばれる優《すぐ》れた忍者は、忍術に秀《ひい》でているばかりでなく、名前も知られない存在でなければならない。であるから、私たちの知らない忍者が実は大きな仕事を成しとげていたのかもしれない。季節は春から夏へ、夏から秋へ移《うつ》りかわるが、そのことに対して、だれかが後ろであやつっていると思う人はだれもいないだろう。それと同じように、だれにも悟《さと》られずに大きな仕事を成しとげるのが忍者《にんじゃ》なのである。

本編《ほんぺん》にも登場してくる伊賀《いが》は、織田信長《おだのぶなが》の次男信雄《のぶかつ》による伊賀攻《ぜ》めである「天正《てんしょう》伊賀の乱《らん》」によって壊滅的《かいめつてき》打撃《だげき》をうけた。そのさい伊賀衆《しゅう》たちは、それぞれ得意な武器をもちよって奇襲《きしゅう》をかけたり、同士討《う》ちをさそったりして、一度は信雄軍を退《しりぞ》けることができたものの、二度目の総攻撃《そうこうげき》によって多数の死者を生じることとなり、最後には伊賀盆地《ぼんち》南端《なんたん》の柏原城《かしはらじょう》に追いこまれた。そこでも、弓・鉄砲《てっぽう》のつるべ打ちをしたり、たびたび夜討ちなどを仕かけたりなどの抵抗《ていこう》をしたものの、武力の圧倒的《あっとうてき》差はいかんともしがたく、天正九年（一五八一）九月、全面降伏《こうふく》することとなった。

しかし、その間もなんとかして生きのびようと、裏山《うらやま》の木に松明《たいまつ》をくくりつけて味方がおしよせたように見せかけて、敵《てき》が動揺《どうよう》している間に妻子《さいし》を逃《に》がしたりなどして伊賀から逃《のが》れ、周辺の武将《ぶしょう》のもとに助けを求める者たちもあった。そうした者たちの中には、しばらくして伊賀にもどってくる者もいれば、その後ずっと逃亡《とうぼう》先に住み続ける者たちもいた。そうした者の中に、のちに松江《まつえ》城主となる堀尾吉晴《ほりおよしはる》に付き従《したが》って浜松《はままつ》に入り、関ヶ原《せきがはら》の戦いにおいて武勲《ぶくん》を遂《と》げた伊賀衆たちもいた。

史実《しじつ》としては、天正伊賀の乱後から江戸《えど》時代初期にかけての伊賀・甲賀《こうが》衆さらには忍《しの》びの具体的状況《じょうきょう》についてははっきりわかっていないことが多い。しかし、生きるか死ぬかの瀬戸際《せとぎわ》をくぐりぬけている一六世紀末において、正確《せいかく》な情報《じょうほう》を得ることが非常《ひじょう》に重要だったことは想《そう》像《ぞう》に難《かた》くない。そこでは当然忍《しの》びが大いに活躍《かつやく》しただろう。ましてや日本史上《しじょう》最大の謎《なぞ》のひとつとされる本能寺《ほんのうじ》の変《へん》でも、背後《はいご》では忍びが蠢《うごめ》いていたことだろう。

謎に包まれた本能寺の変を、隠《かく》れた忍びに焦点《しょうてん》を当てて、さまざまな登場人物の心模様《こころもよう》とともに描《えが》いたのが、加部鈴子氏の『本能寺の敵《てき》』である。混迷《こんめい》の度を深める今だからこそ、「生きる」術《すべ》に長けた忍びに学ぶ必要がますます重要になっているのではないだろうか。

山田雄司
（三重大学人文学部教授・国際忍者研究センター副センター長）

〈参考図書〉

『「本能寺の変」は変だ! 明智光秀の子孫による歴史捜査授業』(明智憲三郎/文芸社)
『織田信長四三三年目の真実 信長脳を歴史捜査せよ!』(明智憲三郎/幻冬社)
『織田信長 不器用すぎた天下人』(金子拓/河出書房新社)
『戦国おもてなし時代 信長・秀吉の接待術』(金子拓/淡交社)
『図説明智光秀』(柴裕之/戎光祥出版)
『そろそろ本当の忍者の話をしよう』(山田雄司監修他/ギャンビット)

作:**加部鈴子**(かべ りんこ)
群馬県在住。第10回ジュニア冒険小説大賞を受賞して『転校生は忍びのつかい』でデビュー。ほかの作品に、『サクラ・タイムトラベル』『風のヒルクライム』(いずれも岩崎書店)がある。

画:**田中寛崇**(たなか ひろたか)
イラストレーター。多摩美術大学情報デザイン学科情報芸術卒業。装画に、「車夫」シリーズ(いとうみく、小峰書店)、『体育館の殺人』(青崎有吾、創元推理文庫)など多数。

監修・解説:**山田雄司**(やまだ ゆうじ)
三重大学人文学部教授、国際忍者研究センター副センター長。

本能寺の敵 キリサク手裏剣

2020年4月24日 初版第1刷発行

作 加部鈴子
画 田中寛崇

発行人 志村直人
発行所 株式会社くもん出版
〒108-8617 東京都港区高輪4-10-18 京急第1ビル13F
電話 03-6836-0301(代表)
03-6836-0317(編集部直通)
03-6836-0305(営業部直通)
ホームページアドレス https://www.kumonshuppan.com/

印刷 三美印刷株式会社

装丁・本文デザイン bookwall

NDC913・くもん出版・232P・20cm・2020年・ISBN978-4-7743-3070-9

CD 34605